I0615496

Tobias Nilsen

Liebeskampf allen Treuverbundenen, auch redlich verliebt so betrübten Gemütern

Eine andere Geschichte des nicht weniger im Lieben unglücklich

gewesenen De La Grise

.

Tobias Nilsen

Liebeskampf allen Treuverbundenen, auch redlich verliebt so betrübten Gemütern
Eine andere Geschichte des nicht weniger im Lieben unglücklich gewesenen De La Grise

ISBN/EAN: 9783743624139

Hergestellt in Europa, USA, Kanada, Australien, Japan

Cover: Foto ©Andreas Hilbeck / pixelio.de

Weitere Bücher finden Sie auf **www.hansebooks.com**

Liebes-Kampfes

Dritter Theil/

Das ist:

Noch eine andere

Geschicht/

Deß nicht weniger im Lieben
unglücklich gewesenen

DE LA GRISE,

Mit der
Damahlig-beliebten Italiänerin

PHIOSEN.

Allen
Interweilens in dergleichen sich
lbst übereilenden Gemüthern zur Nach-
richt/ und Vertreibung müssiger Stunden
best möglichst beschrieben/

Von
Obig genanten
DE LA GRISE
selbsten.

ULM/
Druckts und verlegts Matthæus Wagner/
Anno 1679.

octus, si non conceditur usus?

ilfft es/ wann man sieh't/
us selbst das Hertz beliebet/
arfs doch brauchen nicht?
ist ja allzu schlecht:
h wers wohl bedenckt/
es gleichwol recht
ebet ohne Sorg/
nicht will seyn betrübet:
besser ists vor den
ich nicht gleich verliebet/
Lieb so redlich ist/
ört nicht leichtlich auf/
dann so folgt Bestand
amt dem Nutzen drauf;
dem der mit Bedacht
ieser Lieb sich übet.

enen Durchleuchtigsten Fürsten
und Herren

erm Friederich
Ferdinand/

Herrn Augusto/
Und

Herrn Manfredo/

:ogen zu Würtemberg/ und
ck/ Grafen zu Mömpelgart/ und
Herren zu Heydenheim/ ıc.

Durchleuchtigste Fürsten/ Gnädigste
Herren.

Elcher gestalt kunstreiche Mahler/ das
Glück auff einem Rad oder Rugel ste-
hende/ nicht ohne sonderliches Nachsinnen vorbilden/ ist denen jenigen wohl
bekennet/ so einige Erläuterung darü-
y sich selbsten höchst-vernünfftig zu ermessen
et; Wie schlipfferig aber dasselbe sey/ und
er unbeschreibliche Neid mit höchst-verän-
her Gefahr solches verfolge; Darvon wer-
n unzweiffelhafftes Zeugnüß auff verlangen-
:gehren abzugeben/ gar kein oder wenig Be-
en haben/ die jenigen/ welche es nemlichen
ch selbsten allbereit erfahren/ Auch offt wi-

innen werden müssen: Wiewolen
cht zu zweiffeln/ daß je zu Zeiten
lnbeständigkeit/ durch nachsinnli-
wo nicht gantz verhindert/ dennoch
: werden könne/ und daß also eines
ick an seinem eigenen bösen oder gu-
hange; Zu Erlangung eines tüch-
gen Glücks nun/ gehören viel heim-
tliche Handgriffe/ daß selbige/ wo
-/jedoch meisten Unsauberkeit zu rei-
aber fürnemlich darinnen bestehen/
Grder ist denen jenigen/ so es verlan-
ng gebe/ mit weme sie umbgehen/
ꝰten solle/ daß sie alles das jenige/
hl anstehet/ ja in acht nehmen/ eine
bescheidene Kühnheit/ jedoch ohne
ngewöhnen/ und so dann höflich/
Demuth/ und mitgefällig/ ohne
machen möge: So wird denensel-
s wenigsten schädlich seyn/ wann sie
tugendhafften Frauenzimmer versü-
Gespräch halten/ und in ihre kurtz-
l zuläßlicher massen mit einmischen/
sicher und gewiß/ daß ungeachtet
cht auch bey vielen vor verführerisch
geschätzet werden mag/ dennoch zu-
lerklügeste selbsten sehr nutzliche Leh-
richtungen von ihnen nehmen/ und
: Es ist vor Augen/ wie theils diese
te und offt unschätzbare Gemüther
n der Natur darum seyn hervor ge-
daß sie uns nur so blosser Dinge hin-
dern auch gewisse außbündige Leh-
len/ wie man sich nicht alleine bey
n fast bey jederman groß und ange-
ꝰ/ wie das Glück umb so viel mehr
ber/

herzu gelocket / und noch besser als sonsten gar leicht herbey gebracht werden könne; Hierzu nun desto ehender zu gelangen/ so weisen uns die sämtlich darbey benöthigten Sachen / so ins gemein Tugenden genennet werden/ auch selbsten an / unter welchen nicht die geringste / eine natürliche Schönheit / denn daß diese etwas sonderlich heroisch= und gebieterisches an sich habe/welche uns so wol durch stätige Gewohnheit/ als durch vernunfft=mässige Ursachen / klug/ verständig / weise/ und vor andern gescheide/ auch nachsinnlich zu werden / antreibet und anbringet/ wird niemand verlaugnen; Gleich wie nun diese Schönheit berechtiget ist/ uns auch offt wider Willen verliebt zu machen ; Also vermeynen wir nicht weniger Recht zu haben ihre Gunst zu suchen; Denn weilen die Gemüths=Bewegung / so wir deßwegen empfinden/ anderst nicht wohl/ als durch dieselbe vergnüget werden kan: So ergreiffen auch wir eben darum solche Mittel darzu zu gelangen/wodurch wir uns bey ihnen nur angenehm und beliebet zu machen vermögen.

Eine solche Gemüths=Bewegung nun / unterrichtet und lehret uns zu forderist/ die beste Rede=Kunst/ welche sie uns denn durch alle nur erdenckende und subtile Zierlichkeiten jedoch gantz unvermerckt gleichsam einflösset; Sie richtet ferner unser Thun und Lassen ein; Sie ordnet all unser Wesen an; Lehret uns zu allem geschickt seyn ; Durcharbeitet unser Gemüth; Feget es auß/und würcket/ daß Junge und Alte fast über Gewohnheit gantz frisch und hurtig werden ; Fället sie nicht gar in Ubermaß/ so ist sie sehr nutzlich und jenem Saffte gleich/welcher ehrliche Leute lustig/ das liederliche Lumpen=Gesinde aber gantz närrisch und toll machet: Dannnenhero sie auch an-

ders=

n an guten Gemüthern zu lo-
sich derselbigen zu einem sol-
:nen / dardurch die jetzige Poli-
. und vollkommen zu erkennen /
: Lastern eben darum nachzu-

Nißbrauch werden offt die besten
)et / und liget also alles an uns
icht weniger an unserer Mässi-
r uns nemlich nicht gar zu sehr
Händeln versündigen / und erfolg-
uolen; Denn sonsten würde unser
:nder seyn / als der unvernünfftigen
e sich deß jenigen / so Schaden und
ich ziehet / zu enthalten nicht wiß-
noch vermögen:
/ so annehmliche Wärme von sich
uns auch zu brennen; Die Lufft / durch
benst andern Nothwendigkeiten das
n / kan uns auch vergifften / wo nicht
; Und der edle Wein / so gehörig ge-
:et / labet / erquicket / auch gesund er-
cbenmässig truncken / gröblich sündi-
t gar sterbend machen: Wer will nun
fällen / daß man darum den Gebrauch
der Lufft / und deß Weins / umb obi-
auchs willen gleich verbieten / oder gar
solte ?

nserer Gemüths-Bewegung ist es
nderster beschaffen / als mit einem ein-
wohl-bekanten Diener / welchem sein
deßwillen mehr als einem fremden zu-
lange er nemlich demselbigen auch
no sonsten fromm ist: Und so lan-
es thut / dienet derselbige zu gedach-
:sten Vergnügen / wird er aber nur

e:u:

einmahl untreu erfunden / so hat derselbige wenig Gutes mehr / weder zu hoffen / noch zu gewarten.

Diese Gemüths-Bewegung aber / erlanget ihre Macht und Gewalt einzig und allein auß der blossen Schwachheit unserer Vernunfft: Lassen wir nun dieser genugsame Freyheit solche zu untersuchen und zu erforschen; Nun / so wird uns bald kund werden / daß sie diese zu übermeistern starck genug ist / und alsdenn wird sie selbige zu lauter Gutem anwenden und gebrauchen / ja die Liebe selbsten / wie höchst-gefährlich dieselbige sonsten ins gemein ist / wird auffhören unrecht zu thun / und darmit auch alle andere Laster gänzlich auffheben.

Weiln dann von dem Glück / der Schönheit und daher entspringender Liebe allbereit viel Schrifften verhanden / als laß ichs im übrigen bey diesen bewenden: Führe nur noch hiermit an / eine in denen allbereit herauß gegebenen 3. Theilen / von deß de la Sireg beschriebenen Liebes- und Lebens-Lauf zwar gehörige aber dort unterlassene / jedoch wahre Geschicht / und will solche diesem so genanten Liebes-Kampf auß gewissen Ursachen mit-beygefügt haben / der unzweifelnden Hofnung gelebend / daß auch diese der allgemeinen Wissenschafft mit anderm einzuverleiben / nicht gar undienlich seyn könne.

Weilen dann Welt-kündig / daß Euer Hoch-Fürstl. Durchleuchtigkeiten unter ander auch an dergleichen Geschichten und beschriebenen Büchern eine gar sonderliche Beliebung und gnädiges Gefallen tragen: So habe so wol darum / als auch noch zur Zeit unverdient / jedoch allbereit würcklich genoßnen hohen Fürstl. Gnade halber nicht unterlassen können / sollen / noch wollen / mich vor solche gehörigst danckbar zu erweisen / und dise Geschicht

Euer

Zuſchrifft.

tl. Durchl. als ein wiewohl ge
nck-erkennendes Zeichen unterthä
1; Der unzweifelenden Hoffnung
lben werden dieſen wenigen Buch-
en / welche hiermit zu Dero aller-
ſſen ſich demüthigen / Ihr Hoch-
ſchauen nicht alleine gnädigſt ver-
ern ſolche auch in ebenmäſſigen
hmen / und zu glauben ſich gefal-
aß für ſolche verlangende / und be-
e Fürſtl. Gnade / ſo Dero unterthä-
gehorſamſten Diener dadurch aber-
rfähret ; Er Zeit ſeines Lebens (je-
nſt Dero gnädigſten Erlaubnuß zu
fernern Recommendation) mit allem
ſten können auffwärtig zu ſeyn / nie-
e Gelegenheit verabſaumen wird :

ls

Hochfürſtl. Durchleuch-
tigkeiten

n 1. Maiſ/
678.

Unterthänigſt-gehorſamſter

Die :er

De la Griſe.

BEllona saß zu selbiger Zeit (als ich noch in Italien mich zwar damals Dienst-loß enthielte) eben oben an/ und ware noch nicht gewillet Marti um ein Haar zu weichen/ eben darum nun hatte man guter und redlicher Soldaten gar sehr vonnöthen/ weßwegen denn meine Cameraden so weiter daselbst im Kriege zu dienen gewillet/ mich gar sehr ersuchten/ ich möchte doch/ mit der mir nacher Teutschland vorgesetzten Rückreise auf eine Zeit anstehen/ und diesen bevorseyenden Feldzug noch mit ihnen außhalten/ und zwar weilen sie sämtlichen ein sonderbahres Vertrauen zu mir gesetzet hätten/ wolten auch eben darum/ bey allen vorkommenden Begebenheiten redlich bey mir halten/ ja als rechtschaffene Lands-Leute leben und sterben: Dieses von ihnen in mich fest gesetzte Vertrauen gab mir allerhand Gedancken wol zu bedencken anheim; Ich erwoge es hin und her/ zu Hause hatte ich nicht recht viel zu verliehren/ und in dem Zustande als ich mich selbiges mahl befunde/ kunte ich auch nicht viel einbüssen; Meine damahlige hohe Obrigkeit vermochte mich wohl zu leiden/ an guter Mundierung hatte ich wenig Mangel/ und mein Seckel wurde mir durch einen sonderbahren Unso Glücks-Fall auff einmahl zimlich gespicket/ welcher sich folgender Gestalt ereignete:

Wir lagen selbiges mahl in unsern zugeeigneten Quartiren in wanckelbahrer Ruhe/ und hatte ich zu einem würcklichen Cameraden ein Lieutenant/ so Bovellet genennet wurde/ dieser klagte gantz unversehens sein Haupt/ und legte sich darauff gar zu Bethe: Ich kunte mich/ wegen ermanglender Lagerstätte/ also gleich von ihme nicht abthun/ sondern mußte noch selbige Nacht mit eben solcher

aa 5   auch

i / in welcher gegen anbrechendem Ta-
/ und wir sämtlich auffzusitzen genö-
ßerließ also den obgedachten Lieutenant
und begab mich zu der damahls mir an-
Compagni / eilete mit andern dem jeni-
wo wir unsers einfallen = wollenden Fein-
ren / da dann derselbige unserer schon er-
ß wir durch eine Hölle anziehen mußten /
ge allbereit unsere Vortrouppen / daß sie
ht einmahl zu einer richtigen Stellung ge-
iger kommen kunten / jageten also die allbereit
ren / uns über Hals und Kopff wiederum zu /
uns denn best= möglichst wendeten / und das
suchen / von jenen genöthiget wurden; Das
ste aber war dieses / daß der Feind zwey der be-
:n / so den holen Weg nicht mehr zu erreichen
/ von uns abschnitt / sie über Berg und Thal
ie nicht wohl beritten / erdappete / und uns da-
zu bestehen / zu schwach machete: Wir hatten
acht / unsere noch beyhabende Trouppen unten am
is freye Feld gestellet / und waren resolvieret / so
anserigen noch zuruck gebliebenen / so auch der
erwarten / die aber zu nächst unserer rechten Seinem andern Berge herab marschiereten / und den
z zu disputiren suchten; Da hieß es: Friß Vo-
stirb! Ich führete den Vortropp / traff zweymahl
ander / und schlug mich mit der Hülffe GOttes /
euem Beystande meiner Teutschen / redlich durch /
ich nicht mehr als vier Todte und drey Gequetsch-
t meinem Huete (den ich zwar bald darauff wie-
kam / aber von selbigen mit einer Drat=Kugel der De-
amt einem weissen Feder = Busche abgeschossen gewe-
die auch noch daran geschlungen hienge) im Stiche:
urch nun bekam ich Gelegenheit mich wieder zu setzen /
ch nicht rseiter verfolget wurde / auß Ursachen / die an-
Trouppen mir auff dem Fusse nachzugehen / zwar ge-

wil-

willet / aber von diesen vor sie kommenden zurücᵉ/ und ir
die andern eingejaget wurden / solches sehende / gieng ich
diesen wieder in die Flancken / welches dann eine Confu-
sion dergestalt bey ihnen verursachte/ daß sie sich nach dem
Berge retirireten./ und denen Unserigen Raum / jedoch
mit Manier/ zu salvieren gestatten mußten : Wir setzeten
uns an einen Paß / umb zu sehen / was sie weiter zu thun
gewillet / hatten etwan 400. zu Pferde/ und der Feinde dargegen waren über 600. deme dann über das Gebür-
ge noch bey 200. Trajoner folgeten / der wir dann sämtlich
zu erwarten nicht vor rathsam hielten ; Wurffen derohalben die Brücken ab / und zogen uns auff ein stück We-
ges zurücke / in Meynung einen begehrten Succurs auß
unserm Quartier zu bekommen/ welcher aber zu lang aussen-
bliebe: Als der Feind nun an den Paß kam / und daselbsten nicht anderst / als durch Vilierung durchzukommen/
ersehen / zoge derselbige sich wiederum zurück / wir dargegen begaben uns mit zimlich geflickten und gestickten Köpf-
fen / in die nächst hinter uns gelegene Quartier/ und hielten theils einen solchen schlechten Einzug / so nicht viel
schlimmer hätte seyn können / angesehen der unsern über 60.
zurück blieben / und etzliche achzig verwundet mitkamen :
Als ich kaum die Thür eröffnet/ und nach dem zurück gelas-
senen Lieutenant sahe / auch fragete/ wie er sich anjetzo be-
finde/ und wie ihm wäre? Sahe er mich gantz starr ohne
einige Antwort an ; Ich griff ihm nach der Hand / selbige war eiß-kalt und gantz erfroren; Ich fühlete ihm auff
den Leibe / der war tod / ja mause tod : Das GOtt erbar-
me/ dachte ich/ das ist ein geschwindes Ende gewesen / denn
er hatte sich über zweymahl vier und zwantzig Stunden nicht geklaget / und nur gestern gegen Abend gele-
get/ doch gieng mir sein Tod nicht so wohl zu Hertzen/
als daß ich nicht gleich wissen kunte / wo er seine Dupplonen und Ducaten haben müßte / denn derselben hatte er
eine gute Nothdurfft/ die wußte ich/ und vor derselben Er-
findung stunde mir nicht an / dessen Tod gleich ruchtbar zu

ma·

h lieff eiligst in die Cammer / durchsuchete seine
Unter=Kleider / fand aber darinnen nicht mehr
ıtze Cronen; Ich wischte über sein Felleisen /
ar nichts / denn sein weiß und schwartz Gerä=
r war umb den verlangenden Trost recht ban=
ŋ dachte ich bey mir / der gute Kerl muß die Ge=
bey sich haben / griff ihn also / als meiner Fein=
igern / nicht zwar vorwartz / sondern rücklingen
ıff in seinem Nieder=Kleide in zwey Pischlein
ıigen / welche ich allbereit gesuchet / richtig auff
ende / an: Es wußten andere mehr / daß er
ı / wie nicht weniger sein Knecht / deßwegen
ß / die Sache zu vertuschen / nicht gar zu grob
ıauschte also mit ihme / und legte meine noch
n ıı. Silber=Cronen in einen / in den andern
er 8. Ducaten und 3. Spanische Dupplonen /
vor selbigs mahl mein gantzer Reichthum be=
ie 14. Cronen aber / und etwas eintzeles Geld /
ı seiner Ordinari / und darmit war die gantze
ı etwan in einer Viertelstund verrichtet und rich=
nit ich mich aber alles Verdachts entschlagen kön=
ich das neue Erbtheil und legte solches nach auff=
n Backsteinen unter den Feuer=Herd / damit mir
ın die Mäuse darüber kommen möchten: Nach
Verrichtung ruffte ich seinem Knecht / welcher erst=
t hörete; Ich ruffte ihm noch weiter / und mit gar
Stimme / da kam er mir zugelauffen / ich fragte
b welche Zeit denn sein Herr gestorben wäre? Er
rvon nichts wissen / kam also zu mir in das Vor=
da er ihn dann tod vor sich sahe / und denselben
eynete / auch bedaurete / daß er etwan vor 2. Stun=
ı er das letztere mahl noch bey ihme gewesen / und
lbige so sehr aehzende / das Hertze geklaget / nicht
: verblieben; Es war aber geschehen / und nichts
ß daß dessen Tod publiciret / und nunmehro An=
Dessen Begräbnüß gemachet würde; Schickte ihn

dero=

derowegen ſolches zu verkündigen an ſeinen Wachtmeiſter /
und Feld-Scherer: Bey ihrer ſämtlichen Dahinkunfft
nun ließ ich ihn auß dem Bethe auff ein friſch Stroh legen/
bey deſſen Erblöſſung die Anweſenden leicht erkennen kun=
ten / an was vor einer Kranckheit ſelbiger ſo geſchwinde
verſchieden wäre / dann über dem Hertzen nach dem lin=
cken Arme zu / ſahen ſie / wie nicht weniger an eben ſelbi=
ger Seiten Schenckel / ſolche zween groſſe braune Beu=
len/ daß keiner als ſein Knecht daſelbſt verbleiben wolte:
Der Wachtmeiſter berichtete die Urſach der Kranckheit und
deß Todes/ alſobalden dem Obriſt-Wachtmeiſter/ welcher
uns drey gleich beyſammen verarreſtiren / und keinen biß
auff weitere Ordre / auß dem Quartier zu gehen befehlen
lieſſe: Indeſſen ſolten wir den Cörper vor das Hauß li=
fern / da er dann abgeholet / und dem Gebrauch gemäß /
zur Erden beſtattet werden ſolte/ ꝛc. Dem Feld-Scherer
wurde auch abſonderlich angeſaget / auff das vorhandene
Geld (welches man ſchon wußte / daß es dar wäre) gu=
te achtung zu geben / und ſolte ich ſo wohl / als derſelbige /
hiernächſt darvor ſtehen und antworten:

Wir nahmen den Cörper / welcher ſchon zweyfach ver=
ſtarret / legten ihn auff ein Bret/ bunden demſelbigen erſt=
lich den Hals daran an / da ſich denn ſalv. ven. die Füſſe
über ſich gaben / welche wir wieder niederdruckten / und
gleicher Geſtalt auff das Brett bunden / lieſſen alſo ihn
in ſelbiger Nacht ligen / deß Morgens aber wickelten wir
den Cörper in ein leinin Tuch / und legten ihn in den vor
das Hauß geſetzten Sarck / da ſie ihn denn abholeten / zu
Grabe trugen / und mit Trompeten- auch Paucken-
Schall / ſamt dreyen Salven / der Todten-Grufft an=
befohlen: Uns wurde vor die Thür dargegen vor unſer
Geld geleget / was wir verlangten / alſo daß kein Man=
gel erſchiene / und ſolcher Geſtalt mußten wir 14. gantzer
Tage der übrigen Erbſchafft hüten: Der Feld-Scherer
und ſein Knecht hielten den Nachgang / und ſuchten / was
ich auch gewol⸗ fleiſſig zuſammen/ welches denn den Knecht
nicht

n dünckte / als sie aber sein weiß Geräthe
en sie in einem ungetragenen neuen Hemb=
aten und 5. Frantzösische Duppeln / die mich
a Verdachts meistentheils überhoben; Dar=
wir wacker loß / assen das Beste / und tran=
den schlimmesten Wein : Als aber diese
Kranckheit ein weiters Zeichen einiger Ge=
ht verübete / und wir alliezeit (GOtt sey
darvor Danck gesaget) gesund und guter
Entliesse der Obriste Wachtmeister uns
n Arrestes / jedoch solcher Gestalt / daß wir
gehen / aber doch einiger Gesellschafft nicht
en solten :

Lage abermahls vorbey / funde sich der
auff Befelch bey uns ein / besichtigte ne=
anten / und zwey der ältesten Reutern / die
Verlässenschafft / von welcher alsobalden
so Interims=Zehrungs=Kosten abgezogen/
ibrigen gehöriger Bericht erstattet wurde:
a ein gut Pferd / sein bestes Kleid=Gerd=
ehr / und das übrige alles / nach Abzug der
ndirte : Hierauff ließ der Obriste Wacht=
Pferd / mit Sattel und Gewehr / vor den
ich aber die Dupplonen und 16. Ducaten
orige verbliebe zu meiner eigenen Dispos=
dem Feld=Scherer etwas weisses Gezeug/
er=Cronen / und ein paar Pistolen verehr=
ferd / mit gehöriger Mundierung / nebenst
ergab ich seinem Knechte / und selbigen der
einen Reuter / über das übrige verbli=
ung anderer gegenwärtigen ein natürlicher
nde mich nicht übel darbey / ohne daß ich
en Anspruchs von dem Obristen mich zu
welcher denn gantz nicht glauben wolte / daß
Geld vorhanden gewesen seyn solte ; Weiln
Grund nicht beygebracht werden kunte / hatte

es darben sein verbleiben/und glaubt ein jeder/ daß mit dieser Erbschafft es nicht besser und redlicher hätte her- und zuge- hen können.

Hier spürt man Gottes Macht/denn was nicht soll ersticken/
Dem schadet gar kein Gifft: Es muß ihn eh'r erquicken/
Was andern schädlich ist; Drum seht auch dieses an/
Der fast verarmet war/.wird bald ein reicher Mann.

Ins gemein wird gesagt/ geschwinde Sprunge gerathen selten wohl; Dieses habe ich jedesmahl best- möglichst in acht genommen/ denn ob ich schon Mittel genug hatte/ etzlichen meines gleichen es bevor zu thun) wolten solches doch meine vier Sinne gar nicht erlauben/gestatten/ noch zugeben; Behalffe mich also mit meiner Ordinari-Mun- dierung/ so gut ich vermochte/ohne. daß ich das Erb-Kleid s. v. rein außwaschen lassen/so aber zu meinem Vorhaben gar nicht dienete/weiln es zu enge/und ich dergleichen selbst eines/ jedoch besser als dieses/ noch vorräthig hatte/verhandelte de- rohalben solches einem Juden/und kleidete mich dargegen in gantzen Scharlach/ welches nach meiner Cameraden Auß- sage/weit besser als das lederne mir anstunde/hielte mich auch in allem also nett und sauber/ als einer meines gleichen vor mir nicht wohl zu thun vermochte: Unser Krieg stunde in- dessen in gleicher Wage/ ohne daß seither vorigen etwas wichtiges wäre vorgegangen:

Die Unterthanen beklagten sich gehöriger Orthen/daß ob sie uns zwar nichts weiters als den ordentlichen Servis rei- chen dörfften/ so wären doch und dargegen ihre Häuser mit Mannschafft dergestalt überleget und angefüllet/daß die Ei- genthumliche oft selbsten nicht Platz noch Raum hätten/ ihre Nahrungen darinn fortzutreiben: Erhielten also von der Ge- neralität eine Delogirung/und mußten die Officirer umb die neuen Quartier spielen; Mich mit meiner Compagni traf das Loß nacher Rotanoc in der Landschaft Tunacas allda ich in- nerhalb 3. Täg zwar wohl anlangte/ aber ungeacht der Spe- cial-Ord: darum nit eingelassen wurde/weiln unsere Troup- pen nicht wenig beschreyet/ als ob die leidige Pest unter selbiger;

ß sich dann auch zimlicher massen wahr
n derowegen selbige Nacht unter freyem
n / in welcher mir aber ein Corporal ne-
zen Reutern durchgiengen / so biß daher
rum kommen / und ich hernach / jedoch
chulden / bezahlen und gut thun müssen:
mir Ursach bey der Statt-Obrigkeit umb
ymahls anzusuchen / und zwar mit diesem
Vorbehalt/daß dafern mir noch mehr Reu-
/ ich derenthalben meinen Regreß an ihnen zu
geübrigt seyn könte: Worauff selbige uns
wenigen Gedult ermahnen / zugleich auch
/ wie sie allbereit beschäfftiget wären / die Pal-
:rtigen / damit bey der Hereinkunfft ein je-
en sein gewisses Quartier mit desto weniger
uß beziehen könte; Verlangeten darbey nur
Quartiermeisters / welchen ich alsobald mit
hlichet: Ettwan nach einer Stunden kame der-
der zurück / obgedachte Palletten mit sich brin-
lchen einer deß Raths begleitete / und das Thor
esse/ ꝛc. Worauff die Quartier-Zettel sämtlich
let / die Compagnie durch mich auff den Marckt
hernach fromm zu seyn ermahnet/und darmit auß-
gelassen wurde.

en Leuten war schon bewußt und verrathen / daß
einer Cameraden nur neulich an einer gefährlichen
heit im vorigen Quartier gestorben / und ich also
zem frischen Sterb-Hause außgezogen wäre: Lie-
r also ein solches Hauß anweisen / in welchem ich
en meinigen (die doch sämtlich noch frisch und ge-
waren) niemanden anzustecken vermochte / angesehen
in Jahr und Tage kein Mensch darinnen übernach-
Damit ich mich aber derentwegen nicht zu beklagen
ch hätte / funde ich allbereit einen solchen Vorrath zu
er Bedürfftnuß vor mir dahinein verschaffet / daß ich
auch erstes Ansehens nach einem mehrerm gar nicht
zu

 fehnen Ursach hatte/ꝛc. So waren auch vor mich und
eine Diener zwey solche Beth verfertiget/ die weder mir
och ihnen gar nicht unangenehm zu seyn schienen; Zu för-
rist stellte ich meine Sachen also an/ wie ein verständiger
Officirer in seiner Guarnison zu thun schuldig und verpflich-
t/ nachdem ich auch alles auffs beste eingerichtet / legte ich
ich selbiges Abends ohne einige weitere Bekümmernuß zu
uhe/ und schlieff in meinem obgemeldten guten Bethe al-
 wohl/ biß die hell-leuchtende Welt-Fackel sich wiederum
rfür machte / und die abgewichene Nacht dem folgenden
age Raum und Platz machte: Mir war dieser Morgen
ich also angenem/ daß ich bald nicht wußte/ob ich länger li-
n bleiben/ oder auffstehen solte/weiln aber mein Diener be-
chtete/daß etzliche Officirer/ so wol auch andere Herren deß
aths/ allbereit mit mir zu reden vor der Thür eine zimliche
eit gewartet hätte/ꝛc. machte ich mich ungesäumet auff/
id befand / daß es schon umb 10. Uhr gegen Mittag war:
ch zoge mich auff das geschwindeste an/und als ich selbi-
s verrichtet / liesse ich erstlich die Officirer hinein kom-
en/ fragte nach unsern Leuthen/auch wie sie sich in selbiger
acht verhalten? Weiln dann niemand nichts zu klagen
ußte/ hatte ich auch kein Bedencken mehr die Abgeordne-
n hinein zu ruffen/ welche dann nach einer zierlichen Rede/
egen gemeiner Stadt mich nicht allein gar höflich empfien-
n/sondern auch nebenst Wein/Wildprät/Haber und Fi-
jen/ noch mit einem verguldeten Becher / in welchem 25.
ucaten lagen/ verehreten/ mit angehängter gantz fleissiger
Sitte / daß ich mir doch die arme Burgerschafft bestens
öchte recommendirt seyn/und im übrigen gute Ordre hal-
n lassen/ u. w. d. d. m.

Ich bedanckte mich gegen selbige gehöriger massen/ nicht
lein vor alle Höfligkeit/ sondern auch vor die noch zur Zeit
werdiente Verehrung / wolte es ihrem verlangenden Be-
hren nach/ best möglichst zu verschulden und zu erwiedern
icht vergessen/ sie darbenebenst ersuchende/ihnen doch belie-
n zu lassen/ auff ein schlecht Frühstuck bey mir zu verblei-

>zu nehmen / aber selbige schlugens ab / je-
:de / auff ein andermahl meinem Bitten
' und darmit giengen sie wiederum ihrer

ar die erste Ehre / so mir in solcher Ge-
/ und eben darum wußte ich mich auch
)arein zu schicken/ mein Cornet und Quar-
ich Corporals/ hatten ebenmässig von der-
ngen noch nicht recht viel vergessen / sahen
ußten nicht was sie darzu sagen solten ; Al-
es / daß mir von dieser Stunde an stracks
:hsen / und daß ich in allen meinen vorha-
tungen mich best-möglichst in acht nahm /
zer Zeit eben darum bey meiner Compagnie
)en Respect und Liebe gerathen ; Denn die-
lb machte mich nunmehro in etwas sicher /
i meinigen auch freyer / als sonsten gesche-
dörffen/ ließ mir derohalben alsobalden ei-
holen / der mir ein noch ungetragenes Kleid
nachen/ und was sonsten an Huet/ Band /
nd dergleichen / annoch ermangelte / herbey
; In selbigem ließ ich mich zum erstenmahl
sehen / wurde auch hierndachst abermahls
htet / daß in meiner neuen Kleidung ich ei-
nmer nicht übel gefallen hätte : Ich thäte
vas darvon vernommen/ und nachdem ich
in der Stadt und an den Thoren umbge-
ich mich wiederum in mein auff eine Zeit
uß / in selbigem ließ ich mir das Zimmer
ste auffbutzen / und stellete meine Sachen
als ob meine Lebens-Zeit darinnen solte
ngen/selbiges mahl noch nicht bedenckende/
igen :

: Glücke mich anfieng wenig zu erheben/
d jener sich in den Tod auch für mich geben:

A5

Als ein kleiner rauher Wind/ nur zu regen sich begint/
Ist niemand der sich findt:

Die folgende Nacht hatte ich wenig Schlaf / und fienge
nunmehr an darauff bedacht zu seyn / wie mit Ehren mein
Thun hinauß führen könte; Uberlegete derowegen meine
Baarschafft / und was mir dargegen täglich wiederum
auffgieng/ was ich monathlich einzunehmen und ohnge-
fähr wiederum außzugeben hatte; Alleine nach meinem
Vorhaben wolte es gar nicht zulänglich scheinen: In denen Wirthshäusern zu zehren/ und auß selbigem sich speisen
zu lassen/ kam mir zu hoch; Bedachte mich derohalben auf
ein ander Mittel/ und nahm einen Reuter/so ein Koch/auch
sonst getreuer Kerl war / auß der Compagnie zu mir/ ließ
denselben einkauffen / und beköstete mich mit denen wenigen meinigen nach eigenem Belieben / und dieses befunde
ich auch vor das nutzlichste; Denn / indem unterschiedene
gute Leuthe mein treues Gemüthe verspühreten / und mir
darum wohl wolten / so war kein Tag/ daß ich nicht etwas in meiner Küche verehret bekommen/ dieser schenckte
mir Fleisch / Wildprät / ein anderer Hüner / Eyer /
Schmaltz / Käse / und dergleichen.   Ich war treuhertzig
und liesse es meine Gutthäter wiederum geniessen/ dardurch bewoge ich sie/ daß mir auch endlich der Wein selber
fast in Keller lieff/ den ich dargegen an keine Ketten legte/
in Summa / es gienge mir vor selbiges mahl/ daß ich es
nicht besser hätte wünschen können:

Einsten besuchte mich ein Land-Officirer und wackerer erfahrner Soldat/ Nahmens Alexander Sirangelo/
dieser war unverheurathet / aber doch gleichwol schon zimlich bey Jahren / und weilen er wohl bemittelt/ erwiese er
sich absonderlich sehr gutthätig / und speisete öffters mit
mir /hielte mich endlich auch gar in Weine frey/und wann
er etwan auff das Land nach seinen Gütern verreisete/ ließ
er mir den Schlüssel zu seinem Keller / und machte mich
über den darinn ligenden Wein zu einem Souverain-
Herrn.

In-

Jn dem ich mich also von allen Seiten beschencket sahe /
und / daß es mir so wohl ergienge / erwoge / kam ein gantzer
Wagen voller eingesackten Waren / vor die Thür / welcher
nebenst einem Schreiben an mich haltende / von obgedachten Herrn abgefertiget / Mehl / Haffer / Bohnen / Gänse /
Enten / rc. einlieferte / und dieses war mir auch nicht unangenehm / antwortete demselbigen alsobalden / legte nechst gehörigen Danck best-möglichste Complimenten ab / und dieses
wehrete also fast gantzer 14. Tage / daß ich von allen Seiten her dergestalt beschencket wurde / umb wenigstens auf
sechs wochen genug zu leben zu haben ; Daß mir aber von
diesen Leuthen / so viel gutes widerfahren / durffte ich gar
nicht meinen Meriten beymessen / ich habe es aber erfahren /
daß solches alles umb der Ehre und Respects willen / welchen ich fast jedermann fast ungemein erwiesen / geschehen
sey : Jch fragete einsten / weine doch das Hauß darinnen
ich einlogiret eigentlich zugehörete ? Darauf wurde mir
zur Antwort ; Einer jungen sehr reich und schönen Witt-
ben ; Das muß seyn / sagte ich / denn ich erfahre und
sehe es täglich / an den guten Betten / Geräth und Mo-
bilien / sampt dem Servis / so mit lauter gutem Willen
überflüßig herbey gebracht wird / möchte wünschen / die
Gelegenheit zu haben / meiner Schuldigkeit nach / es in
einem andern zu ersetzen : Kaum als solches geredet / da
lieff ein Magt / die diß gehöret / fort / und erzehlete dieser
Frauen alles / auch wie ich mich sonsten in dem Hause ver-
hielte / selbige dadurch angetrieben / schickte mir bald darauff ihren Bedienten / ließ mich bestens complimentiren /
und sonsten andere Benöthigkeiten selbst gefälliger weise
offeriren / mit angehängter Bitte / wie biß anhero / also
hin künfftig nur vor Willen zu nehmen / und deß Hauses
Beschützer zu seyn / auch zu verbleiben / rc. Jch resonirt
nach meinem besten Verstand / und schickte selbigen damit
wieder zurücke:

Deß folgenden Tages / war ein groß Fest / in dem der
von langen Jahren her unverwesete Cörper der heiligen

Marga-

Margarethen öffentlich gezeiget wurde / deme dann faſt je=
derman zulieffe; Ich verlangete zu wiſſen / was dann die=
ſes vor eine Heilige ſey? Darauf mir ein Weib ſagte / dieſe
Heilige wäre von Geburth eine Teutſche geweſen / und hät=
te ſich in ihrer Jugend gar übel verhalten / als aber dieſes
böſe geführte Leben ihr von einigen Geiſtlichen ſehr beweg=
lich verwieſen worden / habe ſelbige beſchloſſen / ſich zu
verheurathen / wie ſie denn bald darauf einen Soldaten
überkommen / und mit ihm in Krieg gezogen; Dieſer
nun wäre einſten in einem Feldzuge biß dahin gekommen /
hätte auf der Straſſen mauſen / und denen Leuten das
ihrige abnehmen wollen / welche ſich aber deſſen erwehret /
ihn tod geſchlagen / und under einen Hauffen Steine un=
weit darvon begraben; Der Hund ſo dieſes alles mit an=
geſehen / wäre zu der Frauen kommen / ſehr geheulet / ge=
winſelt / und mit ſtetem Hin = und Wiederlauffen ihr zu
verſtehen gegeben / daß Sie mit ihm gehen / und ihren
erſchlagenen Mann ſuchen möchte: Die Frau ſeye end=
lich dem Hund gefolget / der ſie denn zu dem Steinhauffen
geführet / und an der Stelle / wo der Cörper gelegen / zu
kratzen angefangen / Sie dadurch bewogen / habe etzliche
Stein aufgehaben / und untieff darunder dieſen ihren tod=
ten Mann mit ſonderlicher Wehemuth gefunden / ſolches
der Obrigkeit angezeiget / die zwar den Thäter nicht auß=
machen / aber gleichwohl den Erſchlagenen ehrlich zur Er=
den beſtatten laſſen: Darauf habe dieſe Margaretha er=
kläret / daſelbſt zu verbleiben / nicht wieder zu heurathen /
ſondern GOtt und der Jugfrauen Marien biß in ihr
Ende zu dienen / auch ihrem Manne zum Andencken ein
Allmoſen zuſenden / und darvon eine Capellen aufzubau=
en / welches denn ſo glücklich von ſtatten gegangen /
daß Sie von erſamleten Allmoſen nicht eine Capellen /
ſondern wie vor Augen / eine ſchöne Kirche mit dem
daran ſtoſſenden Kloſter aufbauen und verfertigen laſ=
ſen / 2c. In dem ſelbige nicht weniger ein ſehr ſtren=
ges heiliges Leben geführet / auch noch bey lebendigem

Leibe

Leibe viel Wunder gethan / eben darum nun seye sie unter
die Heiligen gerechnet / und nach dem Tode dero Cörper
in einem gläsern Sarck in dem Altar / wie vor Augen / versetzet worden:

Weil denn eine grosse Menge Volcks / so mehrentheils
von denen umbligenden Orthen / dieses heilige Grab und
Cörper zu besuchen dahin kommen / gelüstete mich ebenmässig mitzugehen / und die gewöhnlichen Ceremonien
auch anzusehen; Als aber ein solches Getränge darbey
vorgienge / daß fast nicht müglich war darzu zu kommen / verbliebe ich mit etzlichen Bekanten vor der Kirchen-
Thür stehen / und betrachteten die Gestalten der noch leben-
den Heiligen / welche dann zum Theil besserer Ehre / als jene / wohl würdig: Unter selbigen nun liesse sich eine junge schöne Dame auff beyden Seiten begleitet / führen / darmit sie ja nicht etwan von ihren hohen Schuhen herab fallen möchte / wie denn derselben alsobalden vor allen andern
Raum und Platz gemachet wurde / damit sie fast ungehin-
dert in die Kirchen gehen / ihre Andacht darinnen verrichten / und so dann wiederum darauß kommen kunte: Sie
gienge zu allernächst bey mir vorbey / sahe mich mit so un-
verwandten Augen an / daß ich mich selbsten darüber fast
entsetzte / jedoch weiln sie schön / schlug ich die meinigen
auch nicht nieder / und sahe ihr so weit nach / als das Gesichte mir erlaubete / gewiß ihres gleichen hatte ich noch nir-
gends erblicket / weilen aber / wie denen jenigen bekant / so
auch in Italien gehandelt / es eine gar gefährliche Wahre /
umb selbiges Frauenzimmer bekümmert zu seyn / ist / ließ
ich solche dahin streichen; Jedoch über eine kleine Weile / triebe mich der Vorwitz darzu / daß ich einen unter den
Beystehenden fragete / was dieses vor eine Dame gewesen?
Selbiger sagte: Herz / dieses ist eine sehr reiche Witwe /
eines gewesenen Ritters vom rothen Creutz / hat ihren seligsten Liebsten noch kein Jahr gehabt / und ist allbereit an-
derthalb Jahr verwittibt: Ich fragte weiter / warum sie
sich denn nicht wiederum verheurathete: Antwort: Dieses

ist

st mir unbewußt/ und wiewoln es selbiger an Freyern nicht
rmangelt/ so hat sie doch noch keiner erheben können;
Eben diese ist auch die jenige/ derer das Hauß zustehet/
)arein ihr einlogiret seyd: Ich schwieg stille/ nahm Ab-
chied und gieng mit den meinigen in dasselbige.

Diesen gantzen Tag über war ich mehrerntheils auch mit
nir selbsten nicht zu frieden/ und irrete mich fast alles/ was
ch nur begunte oder ansahe/ wußte aber demnach nicht
vas mir eigentlich fehlete/ und eben darum legte ich mich
henber als sonsten nieder/ umb durch die Ruhe etwan der
Grillen loß zu werden: Als ich nun ein paar Stunden ge-
austert/ hörete ich etwas vor der Thür sich bewegen/ und
jugleich mit eingestecktem Schlüssel dieselbige zu eröffnen;
Erschrack derohalben nicht wenig/ ergriff alsobalden eine
Pistol/ mich darmit dem jenigen entgegen zu setzen/ der
sich gelüsten lassen würde/ und indem ich schrye: Wer
da? Kam diese Göttin/ so ich selbigen Tages gesehen/
mit etzlichen ihren Dienern/ samt 4. Wind-Liechtern be-
gleitet/ in einem silbern Stuck eingekleidet/ gleich auff mich
zugegangen: Mir war angst und bange/ wußte nicht/
ob es ein Gespenst/ oder eine rechte lebendige Person wä-
re/ mußte aber hören/ wie daß sie sagte:

Mein Herz/ er verzeihe der jenigen/ die allbereit in einer solchen Zeit/ da es ihr eben nicht gar wohl anstehet/
dennoch denselbigen zu besuchen/ daher kömt: Ich hätte
nicht vermeynet/ daß er sich allbereit niedergeleget/ denn
da ichs gewußt/ wolte ich dieses mein so spätes Zuspre-
chen biß auff eine andere und bessere Zeit verschoben haben/
weilen es aber geschehen/ so will verhoffen/ er werde meiner ersten Bitt so vil Raum vergönnen/ daß sie statt haben
könne:

Hochwertheste Freundin/ und ich hätte ehender geglau-
bet/ daß der Himmel einfallen/ als daß dero geehrteste
Person ihrem gantz gehorsamst- anjetzo aber sehr beschäm-
testen Diener in dero eigenen/ jedoch eben bey dieser unge-
wohnlichen Zeit/ übel auffgeraumeten Zimmer/ einiges per-
sön-

söhnlichen Zuspruchs zu bewürdigen / achten solte ; Alleine weiln es geschehen / so ist es geschehen / und kan es
vor dieses mahl nicht endern / braucht es also gar nicht / daß
sich dieselbige einigerley gestalt zu entschuldigen freywillig suchet / sondern es erfordert meine Schuldigkeit ohne einiges zweiffelhafftes Bedencken deroselben mit aller
Ehr- erbiethigen Gehorsamkeit und gehorsamen Ehr-er-
bietigkeit allezeit entgegen zu gehen ; Wie solches aber anjetzo verrichtet wird / solches bezeuget der Augenschein / und
werde mich sicher dieser Beschämung halber von deroselben in nechsten drey Tagen nicht wiederum sehen lassen ;

Herr / ich sage nochmahls er verzeihe mir / daß ich solcher gestalt von seiner Ruhe ihn abgehalten / und ob schon
noch eines oder das andere mit ihme zu reden hette / kan es
wol ein ander mahl geschehen / weiln doch die jetzige Zeit
als zum Schlaffen angesetzet / nicht eben darzu verwendet
werden darff : Er nehme indessen mit diesem schlechten
Quartier vor lieb / und lebe darinnen nur glücklich / wo
nicht vergnügt ; Da ihme sonst was ermangelt / laß er es
begehren / und versehe sich gewisser Willfahrung / im übrigen wünsch ich ihme eine geruhige gute Nacht ; Darmit
wante sie sich nach der Thür- mich nicht weiter anhörende /
und gieng eilends wieder darvon.

Ich sprunge gantz verwirrt wegen dieses Gesichts auß
dem Bette / eilete derselben in meinen Niederkleidern nach /
und verlangete nur ihren Auß- so Eingang zu ersehen / aber
eine Thür / welche gleich im hinauß gehen verschlossen wurde / verhinderte / daß weiter nichts denn bloß an etzlichen Tä-
chern einen Schein von denen mit tragenden Jackeln nur
noch als ein Blitz / erkennen kunte : Ich verfügte mich wie-
er in mein Bette / aber diese so unvermuthete Begebenheit
wolte mich weder schlaffen noch ruhen lassen / biß das
Liecht der Welt seine leuchtende Strahlen von denen Gipf-
feln der Berge auf unsere Felder schickte / darmit richtete
ich mich auf / und verspürte wieder gewohnte Empfindlig-
keit eine solche grosse Liebes-Erregung / daß ich etzlicher

Zeit

Zeit faſt nicht wuſte/ wie ich derſelbigen gnugſam zu wider=
ſtehen mich ſtarck genug erweiſen ſolte / das helle Tage=
Liecht ſchalt mich / daß ich ſo lang faulentzete / und die mei=
nigen verwunderten ſich/ daß ich noch nicht aufgeſtanden /
alſo muſte ſchande halber das Bette quittiren und mich an=
ziehen; Es war mir recht wunderlich / jedoch weder wohl
noch übel; Darum öffnete ich die Stubenthür / und er=
laubete hinein zu gehen wer da wolte / denen nun ſo etwas
vorgebracht/ ertheilete ich geſchwinden Beſcheid/ mich dar=
mit jedes mahl widerum an das Fenſter ſtehend / und der
Leute auf der Gaſſen hütende/ biß der Mittag herbey kam /
da es dann Zeit war / das noch lehre ermattete Gedancken=
Häußlein mit einem guten Weine zu erquicken/ damit mir
aber die Stunden nicht ſo lange werden / und deſto ehender
hingehen möchten / lieſſe ich ein paar Officirer holen / ſo
mit mir ſpeiſen/ auch ſelbige vertreiben mußten; Nach voll=
brachter Mahlzeit aber giengen wir bey einem ſehr ſchönen
hellen Tage ſpatzieren / und betrachteten dieſe Stadt Ro=
tanoc von auſſen / umb falls etwan der Feind darvor
kommen ſolte / denſelbigen ſo dann beſt möglichſten Wi=
derſtand zu thun; Dieſe lag ſonſten an einem ſehr luſtigen
Gebürge/ welcher von oben her mit der Männige der Oel=
Bäume reyhenweiſe beſetzet / und mit andern Obſtbäumen
untermiſchet war; Dieſe Stadt ſelbſten ſchiene ein volln=
kömmlicher Garten zu ſeyn/ und ermangelte es hier weder
an Granat= Citron= Pommerantz= noch Trauben/ ꝛc. ſo
war auch der Grund mit dergleichen/ am allermeiſten aber
Feldern und Wieſen/ ſo luſtig anzuſehen/ daß kein nutzbarer
Boden faſt vermuthet werden kunte: Wir ſatzten uns un=
ter einen Caſtanienbaum / und betrachteten dieſes gleich=
ſam irrdiſche Paradeiß/ ſo mit vielen Palläſten und andern
Häuſern hin und wieder angefüllet war / in welchen bey
Frucht bringenden Zeiten die meiſten vornehmen Geſchlech=
ter hauſen / und die Zeit paſſieren; In Summa es war
hier faſt alles überflüſſig zu bekommen / und dennoch be=
liebte mir von allen dieſen/ nicht das geringſte weder zu ha=

ben/

ben noch zu genieſſen: Meine Leute ſahen mich an / und
war ihnen mein jetziges ſo ſtilles Leben gegen vorigem / ein
gantz um' gekehrtes Weſen / ſie kunten zwar auß meinem
Geſichte wohl leſen / daß ich Buchſtaben im Gehirn hatte / aber die Schrifften waren ihnen gantz unbekant; Weilen dann abermahls einige Zeit verſtrichen / als verlieſſen
wir dieſen ſchönen Orth / begaben uns wieder in die Stadt /
und zwar / weilen ich niemanden bey mir zu verbleiben er-
ſuchte / ein jeder in ſein Quartier.

Es hatte die Uhr ſich gleich anjetzo mit fünff Schlägen
vernehmen laſſen / als ich wieder in dem Hauß - Fenſter
ſtund / und meinen Gedancken Gehör verſtattete / auch
mit ſelbigen zu handlen anfienge; Indem klopffete eine
Weibs-Perſon an die Thür / ſo bald ich mich umbſahe /
neigete ſie ſich / mit vermelden / daß ein Befehl ihr wäre gegeben worden / mir anzuſagen / wie nächſt gantz ſchönſter
Begrüſſung ihre Frau Phioſa Beliebung trüge / noch
dieſen Abend in dieſem ihrem Hauſe zu ſpeiſen / und dafern mir ſolches nicht zuwider / lieſſe ſelbige mich / als einen gar werthen Gaſt hiermit darzu erſuchen / jedoch mit
dieſem Bedinge / daß ja niemand frembdes darbey ſeyn /
oder darzu kommen möchte:

Dieſe mir ſo angenehme Zeitung hatte ich kaum vernommen / daß ich nicht alſobalden derſelben ſchon antwortete;
Sagt euerer Gebieterin nächſt meiner gehorſamen Schuldigkeit / daß ſie in ihrem Hauſe zu befehlen / und daß ich
deroſelben beſt= möglichſt zu gehorſamen / mich mehr als
verbunden zu ſeyn erachtete:

Kaum hatte ich den Mund beſchloſſen / daß dieſe Servanta nicht alſobalden derſelbigen Thür zueilete / durch
welche auch unlängſten die Frau Phioſen gegangen / und
weilen ſie ſelbige offen verließ / gienge ich ihr alſobalden
nach / die Gelegenheit dieſes Orths betrachtende / hinter
welcher ein langer Gang ſich ereignete / ſo ſchlangen - weiß
nebenſt andern Häuſern an einer Mauer hin / jedoch gantz
verſchlagen / in ihr richtiges Wohn - Hauß einen richtigen

igen Weg zeigete / nach deſſen Beſichtung eilete ich wiederum zurück / und hatte in acht genommen / daß biß dahin noch zwey Thüren verſchloſſen werden kunten. Ich
befahl dem Koch das beſte / ſo zu bekommen / alſobalden
bey die Hand zu ſchaffen / meinem Diener aber / daß er
die Hauß-Thür verriglen / und ohne Noth niemanden zu
mir einlaſſen ſolte / falls aber jemand zu mir verlangete /
hätte er ſelbigen ab- und auff morgende Zeit wieder zu kommen zu verweiſen.

Kaum wurde dieſes angeordnet / da lieff ein Bedienter
mit einem groſſen vor ſich tragenden verdeckten Korbe die
Treppen hinauff / eröffnete in dem obern Stockwerck einen über die maſſen netten / und mit allerhand ſeltzamen
Sachen wohl- mobilirten Saal / da er dann zu vorde-
riſt eine ablänglichte Tafel deckte / und nur mit zweyen ſil-
bern Dellern / ſamt Brod und Servieten belegete / dann
gleich wieder umbkehrete / und bald darauff einen küpffer-
nen Schwenck-Keſſel / mit vier darinn ſtehenden Chriſtal-
linen Fläſchen / ſo verguldete Schrauben hatten / und mit
weiſſem ſo rothem Weine gefüllet waren / zurück brachte;
Solches ſehende / gieng ich wiederum in mein Gemach /
nicht einmahl mich ſtellende / als ob ich das wenigſte darvon vermerckt / und ließ dieſen Kerl nach ſeinem Belieben ſchalten und walten; Unterdeſſen war ich auff einige Antwort bedacht / ſo auff ihr An- und Vorbringen
nach meinem beſten Verſtande könte gethan und abgelegt
werden / ich gieng in meinem Zimmer auff und ab ſpatzieren / hörete auch das geſchwinde hin- und wieder - gehen
ihrer Bedienten / lieſſe mich aber ſolches alles in dem ge-
ringſten nichts anfechten / ſondern erwartete der jenigen
mit Verlangen / welche allerneulichſt mit mir nothwendig
zu reden vorgegeben: Indem kam Phioſa auch gar lei-
ſe getretten / und ſchliche die Treppen hinauff; Sie war
mir nur ein Augenblick / und darum thäte ich auch / als ob
ich es nicht in acht genommen / aber bald darauff tratte
Servanta unter die Thür / und verſtändigte mich / wie daß

ihre

ihre Frau meiner in dem obern Saal erwartete / damit
ich nun einer Ubereilung nicht möchte beschuldiget werden / gieng ich mit Spanischen Tritten fein langsam die
Treppen hinauff; So bald sie mich aber ankommen sahe / stunde selbige bey der Thür stille / darum mußte ich anjetzo meinen Gang verdoppeln / und einen Frantzmann bedeuten : Ich buckte mich biß fast zur Erden / aber indessen
kunte ich nicht sehen / was sie vor einen Bickling gegen mir
gemachet : Als ich mich wieder auffrichtete / bote sie mir die
Hand / selbige begehrte ich zu küssen / aber sie wolte es nicht
zulassen / sondern sagte :

Wann ich nicht allbereit seine gute Gestalt gesehen / sein
jedoch gar kurtzes Reden selbsten vernommen / und dessen
Höfligkeit von andern sehr rühmen hören / würde ich mich
in diesem meinem jetzigen Zustande nicht unterwunden haben / demselbigen mit meiner eigenen Gegenwart beschwerlich zu erscheinen : Indem ich mich aber dessen allen / was
gedacht / versichere / so habe das jenige / was nach unserer
Lands-Arth ein Weibsbild wohl zu bedencken hat / dennoch
solches gäntzlich hindan gesetzet / und frey erkühnet / seine
weitere Bekandschafft nicht allein hierdurch zu suchen / sondern mich auch solcher vernünfftigen Discursen / und obge-
meldeten Höfligkeiten würcklich mit theilhafftig zu machen;
Zu dem Ende ich dann meinen Herrn auff eine geringe
Abend-Collation daher zu kommen ersuchen lassen / umb
nur darmit die müssige Zeit zu gewinnen / dabenebenst mich
versicherende / er solches in keinem unguten auffnehmen / sondern alles im besten vermercken werde.

LaGrise: Hochgeehrte Frau: Was kan doch einen Menschen in dieser Welt mehr erquicken / und angenehmer seyn /
als die vernünfftige Gegenwart einer schönen und hoch-
verständigen Person / welcher Wohlredenheit und leibli-
che Darstellung mir anjetzo in ihrer Tugend-Gestalt selbsten mit anzusehen von dem einigen Zufall und wohl-wol-
lenden Glücke nicht alleine gezeiget / sondern auch würcklich
gegönnet wird: Schöneste Gebieterin / die jenigen / so

mich

mich bey derselbigen mit einem unverdienten Lobe abgebil-
det/ haben ficher die natürlichen Farben all zu fehr gespahret/
und mir eine weit höhere Ehre gegeben/ als fie fonften an
ich felbften ift/ doch kan man mit weniger Kreide diefelbige leicht erblaffen/ und mit etwas wenigs Ruß die
rechte Geftalt bald wiederum herbey bringen/ re. Zu dem/
wo folte wol ein Soldat ohne hohen Stand zu vor erzeh-
leten Qualitäten gelangen können/ weilen deffen Gegenwart meiftentheils mit ungefchickten Tölplen umbgeben/
und von gemeinen offt groben Efelen bedienet wird; So
laffen ihme auch die ftäten Travalien nicht zu/ viel Höfligkeiten zu obfervieren/ und falls ja einem ein Glück gegönnet wird/ einer verftändigen fchönen Damen auffzuwar-
ten/ fo muß er fich hernach ein Jahr und länger darmit be-
helffen/ ehe ihne einften ein folcher warmer Sonnenfchein
wiederum anleuchten kan: Wann nun ein Cavallier nicht
vorher an groffer Herren Höfen/ oder durch weitläuffige
Reifen Difcretion erlernet/ fo wird er felbige fchwerlich im
Kriege begreiffen/ und felten zu einer vollkommenen Höfligkeit gelangen können; Diefes nun macht mich ficher glau-
ben/ daß ihre all zu groß vorgebrachte Lob- Sprüche mir
nicht zuwachfen können/ weilen/ was zu einer vollkomenen
Höfligkeit gehöret/ bey mir/ auß obgemeldten Urfachen/ gar
nicht anzutreffen/ noch zu finden ift/ jedoch fo lebe/ fchönfte
Gebieterin/ deroselben in allem zu gehorfamen/ und nur nach
ihrem Befehl: Daß fonften ihre Lands-Art eine fonderbahre
Obfervantz und Behutfamkeit mit fich bringt/ ift mir etlicher
maffen bewußt/ werde mich auch eben darum alfo in acht
zu nehmen wiffen/ daß derenthalben keiner groffen Gefahr mich zu befahren haben möge/ weilen auch abfonder-
lich die meinigen umb ihr Hierfeyn nicht das geringfte wif-
fen; Wie weit aber diefelbige deren ihrigen trauen dörffe/
das wird ihr/ fchönfte Gebieterin/ felbften am beften wif-
fend feyn/ und will nimmermehr verhoffen/ daß mir
umb derfelben willen etwan ein unverhofftes Unglück begegnen folte? Indeffen hat fie mir/ als einem Teutfchen/ red-

lich

lich zu trauen und zu vertrauen/mit Lebens-erbietender Ver-
sicherung/ das alles verschwiegen bey und mit mir ehender
sterben als offenbahr werden solle : Daß hierüber meine
höchst-wertheste Gebieterin mich Unwürdigen also beehren/
und in dero eigenes Zimmer einladen/ auch mit einer so
kostbaren Collation zu tractiren/ sich hoch-geneigt gefallen
lassen wollen/ solches rühret eintzig und allein nicht von
mir/ aber wol von ihr selbsten her / und habe mich vielmehr
darvor gantz höchlich zu bedancken / als etwas darvon zu
gedencken Ursach/würde mich auch vor gar gescheide ach-
ten/wann durch meine all zu schlechte Discurse ich deroselben nur die Zeit passiren / und sie darmit zu entreteni-
ren / vor capabel geachtet werden könte / aber was ich zu
meiner Entschuldigung allbereit vorgebracht / wird deroselben sonder Zweifel noch in frischer Gedächtnuß hafften: Unterdessen erwarte dero weitern Befehl / welchem zu gehorsamen mir mein zwar schlechter Geist allbereit scharpffe Ordre zugestellet/werde so dann auch demselbigen nach allem
und besten Vermögen nachkommen :

Phiosa : Ich versichere ihn / daß / wie ehrlichen Leuten
mit gutem Gemüthe auffzuwarten mich stäts bemühe/
solches umb so viel desto mehr meinem Herrn thun werde/
als welcher Bedienung er mehr als zu würdig ist / dannenhero solcher Gegen-Verpflichtung gar nicht vonnöthen
hat : Ist es aber eine Sach / daß er mir einen Gefallen erweisen will/nun so nehme selbiger jenen Platz ein / dergleichen ich auch allhier thun will :

La Grise : Wertheste Frau/ dieselbige bietet ihrem Diener all zu viel Ehre auff einmahl an / jedoch werde ich in
allen deroselben zu gehorsamen mich befleissigen/nicht zweif-
lende / sie werde / da etwan einige Unhöflig- oder Grobheit durch mich begangen werden solte / mir / als einem
Teutschen / so der Landes = Arth / und selbiger Gewohnheit noch nicht erfahren / nichts vor übel nehmen / sondern
zu gute halten :

Phio

Phiosa: Und eben darum habe ich ihn zu mir zu kommen ersuchen lassen / weilen man mich berichtet / daß er
n Teutscher seyn / und zu Betrachtung dergleichen Sel-
nheiten / und Zufällen / Lust / auch Beliebung tragen
lle.

La Grise: Was soll ich viel reden? Ich will lieber
schweigen / als nur mit verbrochenen Worten sagen / was
or Vergnügung ich allhier antreffe / denn ich befinde mich
bereit auff der obersten Staffel unvermeßlicher Freu-
ens-Beseeligung (welche ich auff keinerley Weise werde
wissen außzusprechen) gesetzet zu seyn / wann ich nemlich
ihre unvergleichliche Schönheit neben allen diesen Raritä-
ten / zur Gnüge / jedoch mit dero Vergünstigung / be-
schauen mag: Sonsten achte ich diesen Orth vielmehr /
als ein solches Lust-Gebäu / in welchem auch grosse Herren
zu wohnen kein Bedencken tragen sollen / und eben darum
ist mein Vergnügung so vollkommen / als ichs nicht sagen
kan: Daferne nun die ihrige wie die meine sich befindet /
kan ich sie gar billich für die Allerglücklichste schätzen / und
urtheilen.

Phiosa: Es stehet noch dahin / ob seine Vergnügung
der meinigen gleich sey / weilen es unmöglich / daß er so er-
hebliche Ursachen habe / als sich die meinigen für diesesmahl darstellen: Mir ist zwar nicht gar wohl anständig /
ihme meine starcke Freudens-Empfindungen an das Liecht
zu stellen / und daß seine annehmliche Gegenwart mich nur
alleine zu befriedigen vermag / zu verstehen zu geben: Doch
so muß die Scheu der Wahrheit in allwege weichen / und ich
bekennen / es könne nicht wohl seyn / daß die seinige solcher
vorgehen solte; Zum minsten ist er dieser Freude berau-
bet / welche ich über die massen hoch achte / nemlich ihn /
als einen Teutschen Cavallier / mit lebendiger Gewogenheit
zu lieben.

La Grise: Ob ich sie schon nicht lieben kan / als ich gerne wolte / so wird sie mir doch die hohe Beehrung nicht ver-
sagen /

sagen/daß ich sie nur lieben dörffte als ein Muster und Zier-
de aller andern Damen.

Phiosa: Mein Herz/ er entschlage sich nur aller übeln
Gedancken/und ergreiffe dargegen diese gewisse und unfehlbare Versicherung meiner sonderbahren Gunst-Gewogen-
heit/ als mir nur mein Vermögen immer zuzulassen vergönnet: Wann ich dann nach genugsamer verhoffentli-
cher bewehrter Prüffung seiner Gegen-Gunst mich einer
angemaßten Gewogenheit und einiger Kaltsinnigkeit gebrauchen solte/ würde solches nicht mehr eine-Kaltsinnig-
keit heissen/ ja vielmehr mit dem Nahmen deß Undancks
können getaufft werden? Lasset uns demnach Lieb-werthe-
ster Herz/ dieses was wir dencken/und mit Worten schwerlich vermögen an den Tag zu geben/würcklich erfüllen/und
unsere Glückseeligkeit vollkommen machen: Was mich be-
trifft/ kan er auß angebohrner Höflichkeit und milden Gü-
te/ einen so schwachen Werckzeug/ wie ich bin/ der bald be-
weglichen und empfindlichen Kräffte in Liebes-Sachen
leicht zu gute halten/ und seine Person dennoch bey ihren
Würden und Ruhm-löblichen Ansehen/unverletzt erhalten: Ich ersuche ihn hierum von wegen meiner Gewogen-
heit/ die ich zu ihm trage; Von wegen seiner Schönheit/
welche mich zu so gewaltsamen Reden und Verlangen an-
reitzet; Und von wegen seiner mir allbereit erwiesenen Höf-
ligkeit/ die ich gewiß zu rühmen Ursach habe:

La Grise: Das Lob/ so mir von derselben/ und zugleich
die Versicherung ihrer so hoch-beliebten Treu/ samt der
Freyheit gegeben wird/ machet mich sicher etwas hoch-
müthig/ denn weil sie mit einer so nachdrücklichen Bit-
te/ oder vielmehr Befehl/ meine Freyheit mir abzunehmen
trachtet; Wie kan es wohl anderster seyn/ als daß ich dieselbige ihr alsobalden überlasse/ und zugleich mich darmit
derselbigen gantz übergebe/ und verleibeigene; Darmit ergriff ich ihre zarten Hände/ solche zu beküssen/ alleine sie
wolte es nicht erlauben/ jedoch liesse sie zu/ daß ich unter
solchem Schertz derselben ihren Rosen-Mund/ und zwar
                                                    zum

zum erstenmahl beküßte: Sie sahe mich darüber lächlen-
de an/ und ich dargegen ihr also beweglich eine gute Zeit
in ihre Augen/ daß wir darüber das Reden gantz vergaffen/
uns aber etwas näher zusammen setzeten; Sie ermahnete
mich/ ich möchte doch etwas nach Belieben essen und gefällig trincken/ alleine die jetzt gemeldete Kost wolte mir solches nicht verstatten/ darum verbliebe ich bey der jeni-
gen/ so ihr ebenmässig beliebete/ und darmit speiseten wir
uns biß umb 11.Uhr in die Nacht/ da sie denn einen erzwun-
genen Abschied begehrete/ welcher ihr auch umb gewisser Ursachen willen/ wiewol ungern vergönnet wurde.

Noch vor demselbigen überliesse sie mir den Schlüssel zu
diesem Gemach und zugleich alles was darinnen war/ mich
dessen nach meinem Belieben hiernächst zu bedienen: Ich
entschuldigte mich/ und wolte ihn nicht annehmen/ alleine sie
sagte mir die Ursach/ warum es geschehe/ welche dann von
solcher Beschaffenheit/ daß ich den Schlüssel ohne ein Wort
mehr darwider zu sprechen gar gerne behielt/ rc. Nach welchem ich zumachte/ und sie biß an die untere Gang-Thür be-
gleitete/ da dann die ihrigen mit brennenden Fackeln schon
auffwarteten/ und darmit erliesse sie mich/ nebenst wenigem
Hand-drucken/ wünschte mir eine gute Nacht/ schloß hinter
sich zu/ und gieng durch vorgenänte Wege nach dem ihri-
gen/ ich aber voller Unmuths meinem Gemache zu:

Diese bevorstehende Nacht wolte mir keine Ruhe verstat-
ten/ weiln Phiosen ihre Höflig- und Schönheit mich gantz
verzaubert/ und ihr Mund mein Hertz mit dem Band ihrer
Wohlredenheit/ die Augen aber mit solchen ungemeinen
Strahlen-Blicken dergestalt verstricket und verwickelt ge-
macht/ daß ich kein Mittel/ mir so bald zu helffen/ ersinnen
kunte: Ich hatte selbigen Abend von Speisen nichts zu mir
genommen/ und gleichwol so empfunde ich zu dergleichen
auch noch keinen Appetit/ denn ihre freundlichste Gegenwart
vertrieb mir Hunger und Durst: Allein meine Gedancken
und Sinne stunden nach ihren Diensten/ und zu derselben
Lob-würdigsten Rede-Kunst; Ich hielte sie vor seine Göttin/
weiln

weiln ich noch nicht in diesem Himmel gewesen / und die
eintzig und allein mein beängstigtes Hertze besänfftigen könte; Was ich nur gedachte / das war an Sie / und kun...
ihrer gar nicht vergessen; Mir war angst / wie ich doch hin...
künfftig ohn Sie leben könte; Ihre verspürte Zuneigun...
gen dargegen waren so groß / daß ich mich gern einen leib...
genen ihrer Tugenden erkennete; Sie liebte mich damah...
unwürdigen / und ich muste sie darum billich anbeten; S...
glaubete meinen Worten / und truge ihrem vorgeben n...
ein sehnliches Verlangen mit mir vereiniget zu seyn; Da...
gegen scheuete ich mich fast vor ihrem prächtigen Gesich...
und könte mich mit meinen zwar gefaßten Worten do...
kaum behelffen / wann sie zu reden aufhörete;

Ich muß bekennen / daß alle die jenige Schönheiten /...
mir jemahls vorkommen / dieser Phiosen ihrer weit we...
weichen müssen / und daß keine ruhmwürdiger denn die...
schätzen / weiln ihr rosenröthe mit einer milchweissen S...
gar meisterlich getuschet war; Ihre sämptliche Geb...
machten mir viel Nachsinnes / und der anmuthige S...
bezeigete gar was sonderliches umb mich zu bezwi...
Sahe ich die kräfftige Liebe / so sie zu mir truge an / so...
te ich mich schon der ihrigen versichert / und wäre m...
Einbildung nach / nur umb ein Wort zu thun gew...
daß sie sich mir nicht gleich versprochen hette; Sol...
meinen seltzamen Gedancken nun den freien Zügel...
zu gönnen / verfügte ich mich mit angehendem Tage...
freye Feld: Ich war noch nicht gar weit kommen / d...
vorigen närrischen Sachen mich nicht abermahls...
ten / denn da giengen alle Gemüths-Bewegungen der...
be / dieser Göttin beständigst beyzuwohnen / aufs neu...
Ich dachte sehr schmertzlich nach / wie ich doch diese...
und die Einsamkeit künfftiger Nacht ohne eigenen Wi...
willen vertreiben und hinbringen könte; So war...
nichts mehr zu entgegen / als die erwünschte Gege...
der liebreichen Phiosen / jedwedere Minute verursac...
sehnliches Verlangen / sie nur wider zu sehen; Ich...
)e84.

dem Echo umb zu hören / ob diese Liebe mir auch würde
etwas antworten; Ich plagte und klagte mich dergestalt /
daß ich fast meiner selbst darüber vergaß; Das Comman-
do verrichteten unterdessen meine Officierer mit ihrem guten Vergnügen und nach eigenem Belieben; Ich achtete
selbiges auch nicht gar sehr / denn was ich ansahe / das
war mir zuwider / weiln Phiosa eintzig und allein meiner
Sinnen Sinn / meines Hertzens Hertze / meiner Augen
Weyde / und meiner Seelen Seele war: In dem ich also
voller Gedancken gienge / ersahe ich hinder mir eine Sänfte durch zwey schöne Maulthier getragen / nachbringen /
verbarge mich / umb nicht erkennet zu werden / hinter einen
Baum / mein Diener aber bliebe mit dem Hunde und
einem Rohr am Wege stehen / welchen die darinn sitzende
Weibs-Person an seiner Livere gleich erkennete / und ihm
auf Italiänisch zurieff / was er da machte / und wo sein
Herr wäre? Dieser gute Tropff verstund die Sprache
nicht / erzeigete sich gleichwohl mit abgedecktem Haupte
zur Antwort gantz willig / welches sein Vorbringen Sie
so wenig / als er das ihrige verstehen kunte; Solches ver-
nehmende / geing ich hervor / umb zu sehen / wer mit meinem Diener redete; Kaum war ich so weit kommen / daß
sie mich nicht erkennete / da sprunge sie in einem Huy auß
ihrer Sänfften / und gieng mir entgegen / sie war mit einem sammeten Visier verdecket / und mit einem seidenen
Flor behüllet / daß ich darum sie nicht erkennen kunte / ihr
intziges Reden war / ob ich mir nicht wolte belieben lassen /
zu derselben in ihre Sänfften zu sitzen / und mit nach dero
Garten an nechst hierbey ligendem Landhause zu fahren?
Diese Wort / welche sie gantz laut sagete / und an welcher
ich Sie nicht erkennen kunte / machten mich gantz stutzend;
Entschuldigte mich derowegen best-möglichst / und daß
mir / als anjetzo einem außländischen Officirer solches
solches zu thun nicht zukähme; Weiln auch wie gedacht / ich allhier gantz frembde / eben darum nun möchte
mir / da ich eine solche Grobheit begehen würde / vielleicht

einige

einige Gefahr oder sonsten grosse Ungelegenheit darauß ent-
stehen/ja ich muthmassete auß ihrem Begehren/ daß sie meiner nur spottete / umb zu sehen / ob die Teutschen auch so
leichtglaubig/als man sie darvor hielte/ wáren ; Dieses an-
gehöret/ ergriff sie mich bey der Hand/ und sagte : Mein
Herz/ vor dieses alles lasse er mich sorgen / ich will ihm vor
alle Gefahr stehen / und darmit zoge sie mich zu ihr au[f]
die Sánffte / da ich dann gleich gegen über zu sitzen kam
und dergestalt trugen sie mich armen Hansen / dem B[e]
duncken nach/in alle Welt/welche doch unweit darvon ba[ld]
ein Ende hatte; Also mußte ich mich auff Gnade u[nd]
Ungnade ergeben / und ob ich schon alle nur ersinne[n]
de Einwürffe zu meiner Entschuldigung vorwendete/ au[ch]
viel lieber mit meiner Phiosen zehen Meilen gegangen / [als]
also ungewohnt und höchst-gefährlich in der Sánften g[e]
tragen worden wáre/ so wolt es doch gar nichts helffen/
welches das allerschlimmeste / so antwortete sie mir a[uff]
dieses alles nicht ein einiges Wort / und zwar darum[b]
weilen sie merckte / daß ich dieselbige auß vorherigen U[r]
sachen nicht kennete : Nunmehro bildete mir sicher ni[chts]
Gutes ein / gleichwoln fassete ich diesen Schluß/
Endes zu erwarten / ruffte meinem Diener / und sagte i[h]
me auff Teutsch/ daß er ja nicht von mir bleiben / und
Flinten fertig zum Schusse halten möchte; Kaum h[at]
te ich solches außgeredet / so hielten die Knechte stille /
eröffneten eine Thür / zu welcher diese unbekante Per[son]
außstieg/ und mich ohne Loßlassung meiner rechten H[and]
in ein darbey stehendes Palatium mit sich führete :
den bey der Erden war ein schöner Saal eröffnet / w[ori]
nen nebenst unterschiedenen Conterfayen/auch ein[e] von[c]
misin - Damasten Bethe an vier vergüldeten Ketten
angeheftet/gleich einem Zelte/hienge/zwey Tafeln aber [mit]
etzlichen Sesseln mit dergleichen Uberzügen stunden
herum/ hinter uns machte ein Diener die Saal-Th[ür]
und sie führte mich an ein Fenster/ dessen Außsche[in]
einen schönen Blumen - Garten gerichtet war : Alles[s]

ne sehr gut/ wiewol mir zwar gar nicht wohl darbey/ an-
etzo aber eröffnete sich derselben Mund / weil sie sagte:
Was beduncket ihn von einer so frechen Weibs-Person /
die mit einem unbekanten Außländer solche vertrauliche
Gesellschafft zu stifften suchet?

La Grise: Meine allerwertheste Freundin/ noch biß daher habe ich von derselben nicht das geringste abmercken
können/ so nur einem Schein einer Frechheit ähnlich wäre/
und weilen sie mich einen Außländer nennet/ so muß ich
a derselbigen nicht so gar unbekant seyn / daß sie mir die
grosse Ehre gönnet und mit sich anhero genommen: Ge-
wiß/ ich bin dergleichen gar nicht gewohnet/ und hätte auff
ero bloß gegebenen Befehl/ wohl so einen kurtzen Weg zu
Fuß folgen können : Damit ich aber noch mehrere Unhöf-
gkeit begehen möchte/ rc. so verzeihe sie mir/ daß ich diesel-
ige höchstens nur umb eine einige Willfährigkeit zu bitten
mich unternehmen dörffe/ denn werde ich in dem andern al-
n mich viel freyer als also erzeigen.

Phiosa: Nicht umb eines/ sondern umb alles was in
meinem Vermögen stehet / darvon ich auch nur ein einiges
abnehme.

La Grise: Das wäre all zu viel / und wormit ich sol-
es verdienet/ ist mir noch zur Zeit gantz unwissend/
absonderlich / weilen ich nicht lange allhier gewesen / und
drum auch gar mit keinem Frauen-Zimmer bekandt
bin:

Phiosa: Hertz / das ist straffwürdig / daß er solches
redet/ meynet er nicht/ daß ich es besser weiß/ und wo
er noch in keinen zweymahl vier und zwantzig Stunden gewesen?

La Grise: Das kan ein anderer wissen/ weiln mir nichts
davon bekant.

Phiosa: Was hält man von einem Cavallier / welcher
die wohl-wissende Wahrheit verläugnet/ und seinen Nächsten damit zu teuschen suchet/ er spreche sich selbsten ein wohl-
verdientes Urthel?

La Grise: Wann ich dann einer Falschheit oder Unwar-
heit bezüchtiget werden solte/ so müßte ich ja vor allen
Dingen dessen überzeuget seyn/ dieses nun verlange ich/
daß es mir möchte vorstellig gemachet werden/ denn ausser
dem/ kan und weiß ich nichts zu gestehen;

Phiosa: Ha/ ha! das seynd die rechten/ die es auff einen Beweiß ankommen lassen/ selbiger wird gewiß nicht
weit seyn/ darmit gienge sie in ein nächst an Saal stos-
sendes Cabinet/ und ließ mich voller Sorgen gantz allein
stehen. Ich hatte beschlossen durchzugehen/ indem ich mi
also gewendet/ und gleich die Thür eröffnen wolte/ kam
sie wiederum in einem gantz andern Kleide/ und mit abge-
thaner Visier herauß/ ruffte mir nach/ sprechende: So/so/
da sihet man was er vor ein schön Gewissen hat/ da jetz
die Zeugen kommen/ will er sich unsichtbar machen. Aber
da ich sie nur erblicket/ erkennete ich/ daß es meine hertz ge-
liebteste Phiosa selbsten war/ wie sehr mich nun das mag
erfreuet haben/ gebe ich denen jenigen zu erkennen/ welche in solchem Zustande einander auch mögen angetroffen
haben: Ich fiel vor ihr nieder/ sprechende: Liebwer
und gerechteste Richterin/ hier liget vor ihren Füssen
sehr beschämter Sünder/ welcher seine begangene Vn-
that vollkömmlich bekennet/ und gern gestehet/ daß er al
Meineydiger müsse bestraffet werden/ aber sie beden
die Verschwiegenheit nicht eine der geringsten Tugen
ist; Darum so vergebe sie nun dem jenigen/ der eine
grosse Straffe eben darmit nicht verdienet/ jedoch
werffe ich mich deroselben Erkäntnuß zu einer erklär
chen Busse/ will so denn dieselbige gerne und gar gut
lig außstehen; Sie gieng auff mich zu/ nahm mir
Hände/ und hube mich darmit in die Höhe sprechende
ne begangene und anjetzo freywillig bekante Fehler/
me/ mein liebster Freund vollkömmlich vergeben/
so viel mehr gantz vergessen/ weilen/ wie ich vernommen
der Verschwiegenheit/ als einer der edelsten Tugenden
ben ist: Mein Liebwerthester Herr fahre darinnen
ist:

so wird derselbige deßtwegen gar nicht irren / sintemah-
len es anjetzo also beschaffen / daß man mit jenem dencken
muß:

So geht es in der Welt/ so hat man hier ein Spiel/
Man will nicht was man darf/uñ darf nicht was man wil/

sagen; Es redet sich sehr übel / wann der Schmertz das
Hertz bindet/und die innnerlichen Anfechtungs-Triebe die
Lippen schliessen! Wie können annemhliche Reden auß einem beängstigten Munde fliessen/ absonderlich/ wann auß
den hellen Augen die bittern Zähren herfür blicken?

So voller Freuden als ich vorhero war / so voller Betrübnuß bin ich anjetzo und dargegen/ weil ich empfinden
muß/ wie mir mein freyer Will/ und zwar von denen jenigen so eingekärckert ist / die doch mein eigen Brod essen/
meinen Wein trincken/ und von meinen eigenen Mitteln
sich kleiden und fast vollkömmlich unterhalten: Vor diesen
nun darff ich nicht thun was ich will/ und gleichwol soll ich
auch nicht thun was ich darff! Ich bin eine vollkommene
Freye gebohren/ und soll mich vor mein erträgliches Auß-
kommen als eine Leibeigene halten lassen/ ist das nicht kränc-
kens werth? Darmit fiel sie mir in die Arm und legte ihren
Kopff an meine lincke Seite: In diesem Augenblick war
ich entzuckt biß in den zwölfften Himmel/ und kam gleich
wiederum auff die elende Erde/ ich war von Hertzen er-
freuet/ als ich meine allerwertheste Phiosen so unvermuthet
an einem solchen Orthe antraff/ dessen Gelegenheit ich mir
nicht hätte besser wünschen mögen/ und erstarrete oder ver-
narrete gleichsam/ daß ich sie von einer so geschwinden Frö-
ligkeit in so einem betrübten Zustand solte verfallen sehen/
statt einig erzeigender Freude nun / liessen mir (jedoch noch
unwissende warum / dennoch auß einer innerlichen Eigen-
schafft getrieben) die Thränen hauffenweise die Backen
herab/ und vergeselleten sich dergestalt mit den ihrigen/ daß
sie genug abzutrucknen hatte: Ich schämete mich gleichsam / daß ich so unwissende warum/ dennoch mit ∙ flan-

ne-

nete / erholete mich jedoch / und redete dieselbige folgender
maſſen an:

La Griſe: Was hat mich denn dieſer ihrer ſo unvermu-
theten traurigen Veränderung mit beyzuwohnen anher getrieben / ware es nicht genug / daß ich umb ihrentwillen mit
gleichem Betrübnuß angefochten / das freye Feld geſuchet /
und nun ſoll ich mich auch allhier deß ihrigen mit-theilhaff-
tig machen? Sie verſichere ſich / daß ich eben darum lieber
gleich tod ſeyn / als ſie alſo länger in ſolchem Zuſtande ſehen
möchte! Meine Allerwertheſte zürne ja nicht / daß ich ſo
frey und unbeſonnen meine Gemüths - Meynung derſelbigen zu erkennen gebe / es iſt ſicher nicht ein kleines / daß
jenige / was man liebet / alſo von Hertzen betrübet ſehen;
Will ſie mich denn eben darum länger bey ihr wiſſen / nun
ſo vergönne ſie mir dieſe Bitte / und laſſe ſich nur ein wenig auff ihr Bethe nieder / da ihr dann vielleicht bald
dieſer Kummer vergehen / und das Gemüthe ſich verändern
dörffte:

Phioſa: Nicht bitten / ſondern befehlen (ſie führete
mich mit jetzt-gedachten beyden Händen angefeſſelt dahin /
und ſetzte ſich nebenſt mich / ich ſchlug ihr meinen rechten
Arm umb ihren Leib / und ſie umbfaſſete mit dem lincken
ihrigen meinen Hals / ſprechende: Er verſtatte mir doch ſeine liebe Hand zu küſſen / welches dann zu erlauben / eine gar
unanſtändige Sache war / darum ſprach ſie: Nun ſo ver-
wägere er mir denn nicht ſeine Lieb- reitzende Lippen / durch
deren gleichmäſſigen Zuſpruch ich mich allbereit verän-
dert befinde / einen Liebes - Kuß auß recht treuem Hertzen
zu bieten / meine Freyheit / die mich alſo reden heiſſet / habe
ich alleine ihme beyzumeſſen / werde ſo lange mir ſolche vergönnet / darvon nicht abſtehen:

La Griſe: Sie hat vollkommene Freyheit / nicht nur mit
einem Kuß ihren treuen Diener zu beglückſeeligen / ſondern ſie ſoll auch hiemit die gantze Gewalt haben / nach nur
eigenem Gefallen mit demſelbigen umbzugehen / und in
allem nach Belieben zu verbieten oder zu befehlen; Da
ihr

hr auch solches anständig / so glaube sie dann / daß vor
solche Treu und Gewogenheit / ich mich niemahls nicht
schläfferig werde erfinden lassen ; Zu dem / so ist die Gewalt
der Liebe darum einem jedwedern / welcher auß all zu köst-
licher Erden nicht gebildet / oder denen jenigen / welche
uß blosser Lassität mehr zu gemeinen als wichtigen Sahen gebohren / eben nicht gegeben / sondern nur denen je-
igen / welche sie unter dem strengen Joch ihrer Dienstbar-
eit / mit einer sonderbahren verborgenen Gewalt und
Bottmässigkeit zu ziehen pfleget / mitgetheilet : Indem
ch nun alles reifflich erwege / und diese Beschaffenhei-
en hin und wieder betrachte / so befinde ich / daß allein die
delst- und tugendhafftesten Seelen / mehr als die obge-
achten gemeinen / den hohen ansehenlichen Liebes-Hügel /
nit grosser Mühe / Gefahr / Sorge / und Bekümmernuß
rsteigen müssen / und daß es nicht eben so köstlich / als man
vol vermeynet / sondern eine rechte Plage und Quahl dar-
m sey : Ob nun ihre Anfechtungen auß gleichem Grun-
e / oder worvon selbige sonsten kommen und entspringen /
eßwegen verlange ich / jedoch nach dero höchst - gefälligen
Belieben / einige Nachricht?

Phiosa : Die Ursachen dieser meiner so unvermuthe-
en Traurigkeiten haben zwar einige Mitwürckungen
von der Liebe / alleine der Grund derselbigen rühret von
iner weit andern Sache her / und wann ichs ihme er-
ehlen solte / weiß ich gewiß / daß er nicht allein ein na-
ürliches Mitleiden mit mir haben / sondern auch noch
ierüber mit gutem Rath und That zu statten kommen
vürde.

La Grise : Wann deroselben beliebet / dieses / so fern es
ein Geheimnuß mir zu vertrauen / so sey sie versichert /
aß solches einem Stein gesaget / und anvertrauet seyn
oll / und daß es alsdann an meinem wiewohl zimlich
hlechten Rath und That zu keiner Zeit nicht ermanglen
verde.

Phio-

Phiosa : Wann ihme beliebet die Gedult zu haben solches anzuhören / wohl dann so sey es / und wisse er/
daß ich nunmehro vor ein und zwantzig Jahren durch
meine seeligste Mutter / meinen ebenmässigen fast verwe-
seten Vatter / auß einem uralten / und sehr wohl • bekanten Geschlechte der Buccinier / auff diese Welt gebohren
worden / weilen ich dann das erste / letzte / und also einige
Kind meiner liebsten Eltern war / als ist leicht zu erachten / wie mich dieselbigen / in Ansehung ihres guten Vermögens / erzogen / und vor andern zu allen nur möglich-
sten Kunst • Wisenschafften anhalten lassen ; Damit
aber zu förderist die rechte Erkäntnussen meines nothwendigen Christenthums / vor allen Dingen wohl erler-
nen und begreiffen möchte / haben sie mir allbereit in meinem sechsten Jahre einen wohlgelehren eigenen Lehrmeister
angenommen und bedungen / der mich dann in weniger
Zeit dahin gebracht / daß ich fertig schreiben / lesen / und
von obgedachtem Christenthum denen Fragenden vernünf-
tige Rede und Antwort zu geben wußte ; Meine Frau
Mutter hatte zwey Schwestern / deren eine im Closter zu
Rotanoc/die andere aber /an einen Ritter vom rothen Creutz
in der Nähe hierbey wohnende verheyrathet war / und diese hatte der Allerhöchste in ihrer Ehe mit sechs lebendigen
Söhnen/und vier Töchtern beseeliget/ aber das Vermögen
selbige gehörig zu unterhalten/ war nicht bey ihnen / darum
hätten solche bey unsern damahligen noch sämtlich Wohl-
auff-seyn gern miterben wollen ; Weilen sich aber dieses so
blosser Ding nicht schickte / lagen sie meinem Herrn Vatter
und Frau Mutter öffters in Ohren/ daß sie mich doch umb
noch besser erzogen zu werden/zu ihrer Schwester ins Closter
thun/und eine Zeit lang darinnen verbleiben lassen solten/rc.
Welches denn die liebsten Eltern nicht merckten/warum es
eigentlich geschehe/ und ich wegen meines all zu zarten Ver-
standes noch viel weniger begreiffen kunte : Ich vermeynte dazumahl es wäre gar eine köstliche Sache in einem
Closter so wohl aufgehoben zu seyn/triebe selbsten an/damit

es

es desto bälder seinen Fortgang erreichen möchte/ und freuete mich gleichsam zu meiner Frau Baasen zu kommen / welches denn in kurtzem werckstellig gemachet / und ich von meiner Frau Mutter auch dahin eingelieffert wurde: Selbiges mahl hatte ich noch nicht mein zehendes Jahr vollkömmlich zurück geleget: Es gefiel mir im Anfange nicht übel / aber indem ich allbereit gewohnet/ mit mehrgedachten meinen lieben Eltern auff ihre Land-Häuser zu fahren/ und anjetzo unterweilens etwan spatzieren zu gehen verlangete / wurde mir solches etzlicher massen verwiesen / und daß es nicht bräuchlich auß einem Nonnen-Closter viel außzugehen / geantwortet / ich müßte mich fein nach ihnen richten/ und der Welt allmählig abzuthun gewohnen: Dieses Gesetz / welches ich öffters mit anhören mußte / verleidete mir das Closter-Leben dergestalt/ daß/ als ich mein zwölfftes Jahr erreichet/ und mein Verstand sich in etwas bey mir gebessert hatte/ darauff dichtet und trachtete / wie ich mich dieses Gefängnuß mit Manier entbrechen / und wiederum in die Freyheit zu meinen geliebten Eltern gelangen möchte: Dieses war meiner Frau Baasen gar nicht annehmlich/ denn die in dem Closter vermeynte mich beständig darinnen zu behalten/ und die andere dargegen bey solcher Beschaffenheit meine Erbnehmerin zu werden/ ich glaube auch/ daß es meine Frau Mutter hätte erdulden mögen / weilen selbige so viel auff meine Vettern/ als fast auff mich selbsten hielte; Solches verstehende / stellete ich mich etzliche Tage kranck / und liesse mir absonderlich ein sehnliches Verlangen nach meinem Herrn Vatter abmercken; Kaum war ihme solches berichtet worden / darum schickte er mir meine Frau Mutter samt Pferd und Kutschen/ mich auff eine Zeit nacher Hause zu holen ; Sie liessen mich ungern herauß / gleichwol wolte es der Vatter haben/ und ich versprach auch nach ehister Besserung mich wiederum daselbst einzufinden/ welches aber gar nicht mein Ernst war: Eben deßwegen nun bezeigete ich mich in weniger Zeit vollkömmlich gesund und bediente mich der vorigen Gelegenheit

hin=

hinwiederum auff das Land mit spatzieren zu fahren; Nach
etwan vier Wochen wolte mich die Frau Mutter hinwiederum zu meiner Frau Baasen in das Closter führen / allein ich kame deroselben Meynung bevor / und sagte ihr Vorhaben dem Herrn Vatter / mit gantz kindlicher Bitte / mich
auß dem Closter zu behalten / und dermahleinsten nach eigenem Belieben anständig zu verheyrathen / denn ich unmöglich in dem Closter wiederum gewohnen / noch daselbsten zu
bleiben wüßte : Mein Herr Vatter war mir deßwegen in
dem geringsten nicht zuwider / sondern versprach in allem
diesem mir meinen Willen zu lassen / es solte ihm auch nichts
liebers seyn / als noch bey seinem Leben mich wohl und anständig verheyrathet zu sehen; Nach welcher erlangten Versicherung ich meiner Frau Mutter auch Nachricht darvon
erstattete / die dann ebenmässig darmit sich gar vergnügt zu
seyn erzeigete / und diese gefaßte Resolution wurde durch einen Expressen ihrer Schwester nachrichtsamlich zu wissen gemacht / welche sich aber derentwegen nicht allzusehr erfreuete:
Indessen wuchs ich fast täglich so mercksam heran / daß man
an meinen Kleidern verspührte / wie selbige sich je länger je
mehr verkleinerten / und ich dargegen mich vergrösserte; Das
dreyzehende Jahr hatte ich auch zurück geleget / und das
vierzehende war der Jahrs-Zahl sehr nahe / in welchem meine Frau Mutter einen unverhofften tödlichen Stand auß-
zustehen sich nicht zu entbrechen vermochte / denn da sie einsten auß der Messe kam / und sich nacher Hauß führen lassen
wolte / gleitete ihr der eine Fuß / schlug ungeachtet deß Halters
auff die eine Seiten und zerbrach den lincken Arm / rc. Man
brachte selbige zwar nacher Hause / und ließ alsobalden den
besten Wund-Artzt holen / so daselbst zu bekommen / welcher
auch das erste Band gar wohl überlegte / und darbey guten
Trost zur ehisten Besserung gab; Als er aber in gewöhnli-
cher Zeit solches wieder eröffnete / befunde sich / daß allbereit
der so genante kalte Brand denselbigen eingenommen / weßwegen er dann zwar möglichste Rettung zu thun sich äusserst
angelegen seyn liesse / allein es hatte derselbig schon also über-

hand

)and genommen/daß kein andere Hülf/denn mit Abstossung
deß Arms zu gewarten/welches aber meine Frau Mutter
nicht zulassen/sondern viel lieber mit gantzem Leibe sterben/
als also gestümmelt weiter zu leben begehrete/so sich denn
auch bald ereignete/indem sie deß andern Morgens darauff ihre Seele/in unserer sämtlichen höchst-betrübten
Gegenwart/dem jenigen/der ihr selbige gegeben/gantz
getrost wieder überlieferte: Solcher unverhoffte Trauer-
Fall machte meinen Herrn Vatter zu einem betrübten Witt-
ber und mich zu einer Mutterlosen Waisin: Es schmertzete
uns beyden gar sehr/und ihr Tod thate mir absonderlich
wehe: Ich hatte mich vorher noch gar nicht bekümmert/was
zu einer Haußhaltung gehörete/aber anjetzo erforderte es
deß Herrn Vatters Befehl und die Nothdurfft/darauf achtung zu geben/denn/sagte er/ihr seyd nun kein Kind mehr/
sondern habt allbereit die Jahr und den Verstand erlebet/in
welcher eine Weibs-Person schon wissen solle/wie man das
seinige in acht nehmen und haußhalten solle/damit es euch
auch nicht zu schwer fallen möchte/will ich die älteste Tochter
von der Fr. Baasen zu mir nehmen/die soll euch Gesellschafft
leisten/und sonst in anderm möglichst an Hand gehen: Ich
antwortete/was der Herr Vatter vor gut und rathsam befin-
det/das ist mir schon recht/will auch alles das jenige bestens
in acht nehmen/was mir derselbige befehlen wird/so soll mir
auch sehr lieb seyn/wann zu besserer Vertreibung der Zeit
die Jungfer Baase zu uns zu kommen sich gefallen lassen
wird/von derselbigen will ich mich auch im Hauß-Wesen
gern unterrichten/und das was ich noch nicht weiß/leh-
ren lassen; Uber dieses massete ich mich der Schlüssel an/
und bildete mir schon ein/daß/weilen niemand mehr vor-
handen/der mir zu befehlen hätte/ich müßte zu allen Verrichtungen schon verständig genug seyn; Die Mägde lief-
fen auff meinen Geheiß/wo ich sie nur hinschickete/der
Koch verrichtete williglich was ich ihm sagte/und die Diener stunden mit entblößten Häuptern/nur meines Befelchs
erwartende:

Dieses

Dieses nun verursachte ein viel grösseres Nachsinnen / als ich mir noch niemahls zuvor eingebildet/und nach deme in wenig Tagen hernach meine seeligste Frau Mutter ihrem Stande gemäß ehrlich beygesetzet wurde / mein Hertz Vatter auch nach selbiger Zeit selten einheimisch verbliebe / war ich allein Herr im Hause / und befunde vor war zu seyn / was ich offt gehöret : Daß nehmlich selbsten arbeiten nicht/ aber durch andere solch wohl und fleissig verrichten lassen / reich machen / und Vermögen erhalten helffen solle : Dieses wuste ich schon/ daß was meinem Herrn Vatter zustünde / auch mir gehörete / darum nahm ich mich desselbigen auch also an/ daß in wenig Monathen mir insgemein das Lob und Zeugus gegeben wurde / wie bey noch so zarten Jahren/ ich das meinige schon als in acht zu nehmen wüste/ als von meines gleichen nicht viel wäre gesehen worden : Meine Jungfer Baß/ so sich auf deß Herrn Vatters Befehl bey mir einfunde/ und von der ich Haußhalten lernen solte/ die muste bald innen werden/daß ich ihres Unterrichts nicht sonderlich vonnöthen hatte / und darum ließ ich ihr auch wenig under die Hände/ doch war ich in dem mit ihr wol zu frieden/ daß sie das jenige / was ich etwan bald hier/ bald dort befohlen/ fleissig verrichten/ und mir etwan unterweilens einen Weg in Keller oder Kuchen ersparen liesse :

Mein Hertz Vatter erfreuete sich über mein Vorhaben von Hertzen/ resolvirte auch nicht wieder zu heurathen /sondern also zu verbleiben/ und mir das Haußwesen absolut zu überlassen / welches mich dann umb so viel mehr zu noch grösserem Fleisse und Vorsorge veranlassete : Ich hatte bald das fünffzehende Jahr erreicht/ da gleich ein junger Ritter des rothen Creutzes von seiner vorgehabten Reise wiederum glücklich nacher Hause gelanget / mit demselbigen war ich wegen etwas Verwantnus und Nachbarschafft in meiner Kindheit zimlich bekannt gewesen/ Er war auß dem vornehmen Geschlechte derer Lamphrantuci/und hatte mich zur selbigen Zeit / als ein Kind vor andern jedesmahl lieb und in sonderbahrem Werth gehalten :

Dieser

Dieſer / als er mein jetzigen Zuſtand durch fleiſſiges nach=
ragen wohl erkundiget / und mich nur ein eintziges mahl
im Fenſter erblicket / hatte ſich nicht ſo wol wegen meiner
zwar ſchlechten Schönheit / ſondern obgedachter Urſachen
wegen gleich in mich verliebet / und begunte ſtündlich nach=
zuſinnen / wie er das Werck / umb mich zu ſeiner Ehe=
Liebſten zu bekommen am beſten und nutzlichſten angreiffen
möchte: Nun war zur ſelbigen Zeit (unſerer Lands=Ge=
wohnheit nach)ſo leicht nicht zu mir zu kommen / denn mein
Herr Vatter hatte allbereit zwey junge ſtarcke Kerl beſtel=
et / die von fern meiner wahrnehmen / und mich in ihren
Schutz beobachten mußten / dieſe hüteten unſeres Hauſes
ſo Tags als Nachts / daß ohne Vorwiſſen deß Herrn
Vatters / nicht wohl eine Katze / will geſchweigen ein
Menſch ohne Gefahr zu mir hätte kommen können: So
war mir meine Baaſe heimlich gantz neidiſch und auffſetzig /
daß ich ihr auch nicht auff ein Haar vertrauen dörffen / und
zwar das darum / damit ich mich nicht verheyrathen / und
das Gütgen ſolches falls auff ſie kommen möchte: Ich
ſahe dieſen jungen Cavalier / jedoch durch ein verborgenes
Begitter / unterſchiedlich auß ſeinem Hauſe (ſo unweit
dem unſerigen gegen über) ein= und außgehen / und daß
er jedesmahl auff unſere Fenſter ein ſcharffes Abſehen hat=
te / kunte mir auch faſt einbilden / warum ſolches geſche=
he / jedoch ſo war die Liebes=Macht bey mir noch ſo ver=
nünfftig nicht erwacht; Darum wußte ich mir auch nichts
anders einzubilden / als daß er etwan mich zu ſehen / mit
mir einſten zu reden / und der in unſerer Kindheit offt vor=
gehabten närriſchen Händel Erinnerung zu thun / Verlan=
gen tragen möchte:

Als er einſten vorbey gieng / und ſo überſich blickte / ließ
ch mich mit halbem Leibe ſehen / und danckte ihm zum
freundlichſten vor ſeinen höflichen Gruß / welches denn bey
uns ein ſonderbahres Zeichen einer guten Zuneigung iſt:
Er entfärbte ſich / und ich empfunde dargegen / wie mir die
Röthe ins Geſicht müſſe getretten ſeyn / verwunderte mich
auch

auch daß er innerhalb 7. Jahren / als ich ihn nicht gesehen/
so wohl heran gewachsen / und so ein wackerer Cavallier
worden wäre: Zur selben Zeit sagte schon mein Geist/ daß
er mir nicht übel geneigt seyn müßte / weilen er den vorigen
Gang allbereit öffters gethan / und nunmehr denselbigen
noch mehrmahls wiederholete: Jedoch achtete ich auß Un-
wissenheit der noch unempfindlichen Liebes-Triebe es eben
nicht sonderlich/ und gleichwol hätte ich einsten mit ihme so
gern / als er mit mir/ reden mögen / zu welcher Gelegenheit
zu gelangen/ wir aber beyderseits einander anjetzo entwach-
sen waren: Nach dieser Zeit bedienete er sich meiner Ser-
vantin/ bekam selbige durch sonderbahre Gelegenheit zu sich/
und weilen er erfahren / daß sie bey mir etwas galt/ versprach er ihr eine gute Recompens / so fern sie ihme Farbe
halten / und das jenige was ihr durch ihn vertrauet/ nicht
allein in höchster Verschwiegenheit beobachten / sondern
auch werckstellig machen würde. Servanta solches hö-
rende/ versprach dieses fleissig über sich zu nehmen / jedoch
dafern es auch eine verantwortliche Sache wäre / ausser
dem würde es ihm nicht zuwider seyn/ wann sie es ab-
schlüge: Es wäre nichts übels / sondern treff ihre Gebieterin Phiosen an / diese hätte er von Jugend auff sehr wohl
gekennet / und weilen nach seiner Wiederkunfft/ die Leute
auch so viel Gutes von ihr redeten (welches gemeine Ge-
schrey denn alles Reichthum übertreffe) als wolte er sich vor
glückseelig achten / wann anderst diese Ehre zu erlangen/
daß er sie zu einer Gemahlin überkommen könte: Ehe und
bevor er nun ihren Herrn Vatter darum ansprechen möchte / würde vor allen Dingen höchst vonnöthen seyn / daß er
ihren Sinn und Gunstgewogenheit ersuchte/ wie denn dieses kleine Briefel derenthalben an sie abgienge; Solches
nun möchte sie ihr doch in höchster Geheim beybringen /
und eine gar kurtze Gegen-Antwort außwürcken/ damit im
Fall ihres nicht Beliebens/ so denn dieses verschwiegen blei-
ben/ und keines von beyden einiges Schimpffes sich zu befahren haben möchte.

Ser-

Servanta/als sie dieses vernommen/hatte sich gleich willig erwiesen/umb es alles auffs beste außzurichten/wie sie denn auch that/mir mit guter Gelegenheit denselbigen vertraulich einlieferte/und kurtz darbey vorbrächte/was ihr ründlich befohlen worden/mich also in meinen sonderbahren Betrachtungen stehen lassende; Ich gieng in meine Kammer/verschloß dieselbige/und eröffnete mit Zittern diesen Brief/welcher der erste von solchem Innhalt/dergleichen ich noch die Zeit meiner Tage niemahls gesehen/und ungefähr also lautete:

Meine allerlieb= geehrteste Freundin.

DEilen ich die Gelegenheit nicht haben kan/derselbigen mein sonderbahr erfreutes Vergnügen über dero guten Gesundheit und glücklichen Wohlergehen selbsten zu eröffnen: So je auß voriger/doch noch Kindheit an entsprungener Bekandtschafft nicht unterlassen können/ihr hiemit mein stummes Hertz überschicken/das mag denn mein treues Gemüthe/und wohlerzogenes Geblüte derselbigen best= möglichst entdecken/auch bey wissen lassen/daß ich sie von Hertzen liebe/und daß mir/so vornemlich ihres Herrn Vatters Einwilligung eine beständige Ehe zu treffen gantz inniglich verlange: Ist deroselben nun einem solchen Freunde ihres gleichens/und von ebenmäßiger Geburt gedienet? Nun so erwarte nur in beliebiger Antwort einkiges Ja oder Nein/darmit wir entweder können verbunden oder geschieden seyn.

Lamphrantuci.

Ich hatte es kaum gelesen/daß mir über solchem Innhalt nicht bald gar wunderlich worden wäre/setzete mich derowegen auff einen Stuhl/umb diesen Sachen etwas weiter nachzusinnen/aber ich kunte es nicht begreiffen/was er darmit eigentlich haben wolte/so erstreckte sich mein Verstand auch noch nicht so weit/daß ich bey mir selbsten einen Schluß machen/noch was darinnen zu thun/auch resolviren kunte/darauß dann meine noch mit= unverloffene Kindheit genugsam erhellete: Indeß nahm ich das Schreiben/und brachte es meinem Herrn Vatter (denn ich vermeynte/weil es etwas heimliches/so dörft ichs demselben nicht verschweigen/und ohne dessen Vorwissen/auch vor mich

DD   mich

mich nicht das geringste thun) welcher es gleich eröffnet/ und den Innhalt in zweyenmahlen ablesende gar wohl ein- nahm ; Er wurde etwas roth im Gesichte/ doch lächelte selbiger/ gab mir das Briefel wieder / und fragte mich/was ich denn wieder zu schreiben gedächte? Ich schämete mich und wußte nichts darauff zu antworten : Er lachte meiner noch mehr/ und fragte mich / ob ich denn diesen Cavallier mit der Zeit zu einem Mann haben möchte? Ich kunte noch weniger antworten/ doch so entfuhren mir diese Wort mit lassenden Thränen : Was GOtt und der HerrVat- ter wollen / das wird dermahleinsten wol geschehen müs- sen : Ihme stund über dieser Antwort das Wasser auch in Augen/er sagte/ bete fleissig habe/wie biß anhero/GOtt und deinen Vatter vor Augen/ so wird schon ein guter Anfang und Außgang in allem deinem Vorhaben erfolgen : Lasse dich nichts mercken / sage auch niemanden nichts darvon/ ich will dir schon etwan befehlen was du weiter thun sollt/ damit gieng ich meinen Verrichtungen nach : Bekennen muß ich ihme aber/ daß ich von selbiger Zeit an wunderliche/ jedoch noch lauter kindische Gedancken gehabt : Ich dachte offt / was ist mir denn ein Mann nütze / und was soll ich mit ihme thun? Kan ja eben so wohl ohne Mann / als mit einem leben/ und gleichwol empfunde ich bey mir öff- tere Gemüths- und Geblüts-Veränderungen; Ich lag vielmehr hinter dem Gitter/ umb nach diesem Cavallier zu sehen / als ich sonsten pflegte/ und wann ich ihn ersahe/ wurde mir offt warm/ auch dergestalt angst/ daß ich darbe schwitzete/ und doch noch nicht wußte warum? Dies trieb ich also etzliche Wochen : Meine Baas/ die mir über nachschliche/ merckete wohl etwas darvon/ aber sie kunte mir doch nichts absinnen/ dieses aber kam ihr gantz verdäch- tig vor / wann ich mich mit meiner Servantin (die mich von Kinds-Beinen an geliebet/ und aufferziehen helffen auch mir noch biß diese Stunde sehr treu ist) in mein Ge- mach einschloß/ und vertraulich jedoch heimlich redete: Sie sagte mir einsten / wie Lamphrantuci ihr bey dero außer

n Fuſſe folgete / und eine hóchſt-verlangendē
ein Brieflein haben wolte / wie ſie ihme denn
ch einige Vertröſtung darzu geben / und ſol-
ʒich meinem Herꝛn Vattern nicht verſchwei-
)erowegen Urſach in andern Angelegenheiten
den / nach ſe!bigen aber fragte ihn : Ob es
neulichſte Schreiben einer Antwort brauch-
eilen dieſe zum öfftern verlanget würde / auſ-
ich nicht wiederum daran gedacht haben ?
atter gab mir alſobalden ein vor ſich ligen-
ereit von ihme verfertiges Concept und be-
!ches ſauber abſchreiben / verſieglen / und ih-
Zelegenheit wieder beybringen laſſen ſolte :
uch ungeſäumt werckſtellig machte : Deſſen
)lgendes :

ʒe von ſo vielen gefährlichen weiten Reiſen wie-
!cklich und geſund nacher Hauſe kommen / ſol-
iet mich in Wahrheit nicht wenig / darff auch ſi-
aſ deſſen erſtes Erblicken / mir eine ſonderbahre
neinem Gemüthe verurſachet / und wie ich muth-
meiſſen aber darum / (weilen doch die von Ju-
)nete / und erʒogene Gemüther / mehr als ſon-
fectioniret, und gewogen ſeyn) daſ er mich da-
viſl ich gar wohl glauben / weilen ihn inſonder-
ithum darʒu antreibet; Daſ ich aber darge-
ch alſo geſinnet ſeyn ſolte / ſolches lieffe dieſem
vider : Was ſonſten wegen einiger Ehe-Ver-
en ihme und mir / mein Herꝛ ſcherʒ-weiſe ge-
ſolches laſſe ich dahin geſtellet ſeyn / abſonder-
ꝛoch nicht recht weiſ / was Schwarʒ oder Weiſ /
ey? Iſt es von dem Allerhöchſten verſehen / kan
:lt ſchon geſchehen / und hat er nicht ſo wohl mit
Herꝛn Vatter hinkünfftig darvon weiter ʒu com-
ꝛuch demſelbigen ſo dann ʒu befehlen,beliebet / deme
ꝛnʒ gehorſamſt nachkommen.

Phioſa.

)rt ſtellete ich der Servantin wieder ʒu /.und
h ſelbſten wohl wuſte / was darbey ungefähr
auſ-

außzurichten/ als bedurffte es keiner absonderlichen Instru-
ction: Sie säumete sich nicht/nahm die Gelegenheit in acht
gienge erstlich seinem Hause vorbey/dann wieder zurück un
gleich in selbiges hinein/auch seinem Gemache zu: Die Die
ner meldeten Servanten an / welche dann ehender als de
dortige Bischoff zur Audientz gelangete/und ihr so genant
Creditiv ablegete: Nachdeme dasselbige gelesen/ erzeigete
sich darab sehr erfreuet/und schenckte Servanten einen dop
pelten Ducaten / mit Wiederholung deß ersten Verspre-
chens/ ließ mich zum schönsten wieder grüssen/ und darbe
sagen/ daß es hiernächst an besserer Bekandschafft nicht e
manglen würde/weilen er ehistens dem Herrn Vatter zuzu
sprechen/und mehrere Freundschaft zu suchen gewillet: We
ches Servanta aufs beste außrichtete / darmit nun verblie
alles stille/ biß Lamphrantuci solches unverhofft werckstell
machte/ und zwar folgender massen :

Mein Herr Vatter hatte sich vorgenommen einsten sein
Land-Häuser/ gleich ich anjetzo thue/ zu besichtigen/zu den
Ende er dann die Sänfte vor die Hauß-Thür bringen ließ
se: Als Lamphrantuci solches wahrgenommen /ließe er ein
Pferd fertig machen/ und da mein Herr Vatter sich fortzu
tragen befahl ; Ritte dieser zwar zu einem andern Thor
hinauß/ jedoch ihme nach/ biß daß er vor einem unweit von
hier gelegenen Land-Hause abstieg / welchem er denn auf
dem Fuß folgete/ und seine eigene vorgenommene Commis
sion in dem Garten/nach vielen Complimenten/ best mög
lichst ablegete: Nachdem selbige auch umb meinetwillen e
Wort gewechselt/entschuldigte sich endlich mein Herr Vat-
ter/daß er mit einiger begehrenden Antwort demselbigen v
diesesmahls nicht gleich willfahren könte: Jedoch solte ih
hiemit nichts zu- noch abgesaget seyn/hätte sich auf ein kur
Zeit zu gedulden/und dann nach Belieben wieder anzume
den/indessen wolte er mit mir darvon reden/ und so dann
nige vielleicht erfreuliche Antwort zuwege bringen.

Lamphrantuci nahme darmit seinen Abschied/ und w
indem wohl vergnüget/daß er keinen Repuls, sonder eine fe

the Hoffnung erlanget hatte/ mit welcher derselbige vor die-
esmahl wohl zu frieden seyn kunte: Er ritte heimwarts un-
term Hause vorbey/welches ich dann hinter dem Gitter wohl
wahrgenommen; Weilen sich dann derselbe stätig umsahe/
ließ ich mich auch am Fenster ein wenig erblicken/und nahm
mit Kopf-neigen einen Gruß von ihme an: Als er abgesti-
gen/ und das Pferd in sein Hauß führen liesse/ bliebe ich ste-
hen/ er hingegen machte gegen mir eine gar lang währende
verliebte Mine/ biß ich mich zurück zoge/ und ihn also nach
mir sehende verließ: Wie er mich aber nicht mehr sehen kun-
te/verlohr sich derselbe auch/und darmit ware fast dieser Tag
geendiget: Abends stellete sich mein Herr-Vatter auch wieder
ein/ohne daß er das geringste mercken liesse: Etwa acht Tag
hernach ruffte er mir auß seinem Cabinet; Ich eilete dahin/
umb anzuhören/ was selbiger verlangete: Er hieß mich
hinein gehen/ und die Thür nach mir zumachen/so ich auch
gehorsamlich verrichtete; Daselbsten erinnerte er mich deß
Schreibens/so ich unlängst von Lamphrantuci bekommen/
fragte auch/ob ich die von ihme mir zugestellte Antwort recht
überliefern lassen? So ich mit ja beantwortete/ und daß sel-
ges mahl gedacht worden/ wie er balde selbsten kommen/
auch die alte Freundschafft zu erneuern gedächte; Antwort:
Dieses hat er gethan/und ist vergangen/als ich auf dem Lande gewesen / deßwegen zu mir kommen/ und mich umb dich
mit vielen weitläuffigen Umbständen angesprochen; Ich
habe die Antwort auff eine Zeit/ jedoch nach Belieben/ ver-
schoben/ aber nunmehr muthmasse ich/ daß er balde wieder
kommen / und sein Anbringen erneuern werde; Was ist
denn deßwegen dein Will und Meynung? Meines Theils
finde ich an seiner Person/dessen Leben/und bißher geführten
Wandel nichts zu tadlen: Ob nun dieses und dergleichen
auch dir gefällig seyn möchte / kan ich nicht wissen / denn ich
dich zu keinem Mann nimmermehr zwingen/noch darzu ra-
hen werde: Ich wußte nit was ich darauf antworten solte/
gabe es also alles meinem Herrn Vatter nach Belieben zu
disponiren anheim: Der aber mit dieser meiner simpeln

Ant-

Antwort nicht zu frieden seyn / sondern einmahl mein
Gedancken deßwegen wissen und haben wolte: Ich be-
sonne mich darauff eine gute Zeit / biß mir GOtt in Sinn
gab zu sprechen / wann ich ja dermahleinsten einen Mann
haben soll / und muß / so ist mir jedoch mit deß Herrn
Vatters einigen Belieben / ein bekanter weit angenehmer /
als ein frembder / dessen Humor ich erst im haben erkennen
und lernen soll.　　Nun / so seye es dann / und weilen ich
ihm erlauben werde zu dir zu kommen / so magst du dich
mit selbigen selbsten bereden / und nochmahls zusehen / ob
es auch vor euch beyde zu thun oder nicht sey; Darmit er-
laubte er mir wiederum nach meiner Kammer zu gehen:

Jn wenig Tagen begabe sich mein Herr Vatter abermahls aufs Land / hatte aber zuvorher Lamphrantuci schrifftlich wissen lassen / daß die gantze Sache endlich auff unser
beyder Belieben beruhen würde / stünde also denselben frey /
ob er sich wolte gefallen lassen / mit mir selbsten darauß zu
communiciren / denn vor seine Person / so fern es anderst
von GOtt / wolte er es gar nicht verhindern: Er hatte
das Schreiben kaum gelesen / und gesehen / daß der Herr
Vatter verreiset wäre / darum däuchte ihn anjetzo die beste und gelegneste Zeit zu seyn / die empfangene Erlaubnuß ins Werck zu stellen; Damit aber alles in höchster
Geheim geschehen möchte / ließ er Servantin zu sich erbitten / und erzehlete derselben sein weiteres Vorhaben / bat
sie / mir solches zu hinderbringen / und wann es zu nach-
ten beginnete zu verschaffen / daß er die Hauß-Thür eröffnet finden möchte: Servanta hatte dieses Vorhaben kaum
verstanden / daß sie nicht alles begehrter massen außzuricht
ihme versprochen: Sie war nur ins Hauß / da suchte selbige Gelegenheit mich auff die Seite zu kriegen / und dieß
Vorhaben zu vertrauen; Weilen dann mein Herr Vatt
mir dessen Ankunfft allbereit wissend gemacht / kunte ich solches / ungeachtet es mich schwer ankam / dennoch nicht we-
wehren / nur war es mir darum zu thun / wie solches geschehen könte / daß es meine Baas nicht innen werden möcht

Servanta bate mich/ ich solte sie nur darvor sorgen lassen/
und nach dem Essen in meine Kammer gehen/ als ob ich
nothwendig zu schreiben hätte; Die gesetzte Zeit kam her=
bey/ Lamphrantuci stellete sich ein/ und Servanta füh=
rete ihn/ weilen es finster/ durch die hintern Gemächer/
gantz unvermercket/ in das meinige; Ich saß über der
Schreiberey/ und hatte es kaum gehöret/ da stunde er mir
schon an der Seiten/ und kunte mich so wenig grüssen/ als
ich ihme dancken/ also waren wir beyde erschrocken/ jedoch
erholete er sich balde/ und redete folgender massen:

Wiewolen ihre jetzige gantz veränderte Gegenwart ei=
ne Ursach/ daß sich so unvermuthend alle meine Lebens=
Geister verirren/ und mich fast gar verstummen wollen;
So seynd doch dieselbigen keines wegs so mächtig/ daß sie
die gewohnete Standhafftigkeit (worauff als auff einen un=
zerbrechlichen Felß meine gegen ihr von Jugend an getra=
gene Gewogenheiten und Liebes = Regungen gegründet
seynd) in den minsten Zweiffel ziehen/ noch viel weni=
ger das geringste verhindern können: In solcher Erwe=
gung nun/ allerwertheste Lieb/ zweiffele ich nicht mehr
zu dem Ende gebohren zu seyn/ daß ich von Dato und in
alle Ewigkeit ihre Vollkommenheiten mit gebührender Ehre
und verpflichteter Schuldigkeit anbeten/ und möglichst be=
dienen solle: Weilen sie absonderlich die erste gewesen/ wel=
che/ wiewol zur selbigen Zeit noch mit unempfindlichen Lip=
pen vielmahls geküsset: Nun/ so gönne sie mir auch anjetzo
diese Gunst und Zufriedenheit/ daß ich bey ihrem und mei=
nem vollkommenen Verstande das jenige/ was ich zur sel=
ben Zeit/ da ich es haben kunte/ doch nicht verstunde noch
empfunde/ nemlich dero eheliche Gewogenheit/ Liebe und
immerwährende Treu hinkünftig würcklich geniessen möge.

Ich sahe ihn zwar gantz schamhafft an/ und war mir
zur selbigen Zeit noch nicht wissend/ was ich auff ein
solches Anbringen vor eine Antwort oder Gegen = Rede ge=
ben solte: Er nahme mich in seine Arm/ und bate mich in=
ständig/ daß ich ihme doch eine Antwort auff sein Verlan=

gen

gen geben möchte/ abſonderlich darum / weilen mein Herꜩ
Vatter alles auff mich geſchoben / und wann ich mit ſeinem
Begehren zu frieden/ ſo zweiffelte er gar nicht / daß ſein ein-
ꜩiges Verlangen auch fried= und Herꜩ= vergnüglich würde
ſeyn können : Auff dieſes ſein ſo inſtändiges Anhalten/ er-
munterte ich mich in etwas/ und ſagte :

Mein Herꜩ/ ich erinnere mich zwar guter maſſen/ in unſerer Kindheit offt vorwiꜩig geweſen zu ſeyn / und daß wir
beyderſeits zur ſelben Zeit einander wohl mögen geküſſet ha-
ben/ welches denn gar nichts ungewöhnliches/ ſintemahl eine rechtſchaffene Liebe durch Vorſtellung kleiner Kinder uns
vorgebildet wird : Aber kindiſch / oder erwachſen ſeyn / iſt
zweyerley: Doch ſo fern dazumahl etwas geſchehen/ ſte-
hets anjeꜩo nicht mehr zu ändern :

Was er nun auß dieſem Grunde gegen mir vorzubrin-
gen beliebet / ſolches habe ich zwar gehöret / möchte jedoch
von Herꜩen wünſchen / daß ich es auch verſtünde / und
ihme darauff einen verlangenden Beſcheid mitzuthei-
len vermöchte: Aber weilen ich nicht weiß / was er denn
eigentlich begehret / und von mir gerne haben möchte;
Nun ſo habe er denn ſolches nach ſeinem eigenem Belieben
vollkömmlich/ jedoch daß er mir/ als einer noch Unerfahr-
nen / einiges Nachtheil nicht verurſachen möchte ; Das
übrige kan und wird ihn mein Herꜩ Vatter ſchon beliebig
wiſſen laſſen : Er verſuchte mich zu küſſen / weilen ich aber
dergleichen ganꜩ ungewohnet / wägerte ich mich ſolches zu
geſtatten/ jedoch ſo machet die Gelegenheit Diebe/ und kunte ich mich darum nicht ſo wohl vorſehen / daß er mir nicht
eꜩliche beybrachte :

In währendem Beyſammen=ſeyn / haben wir noch von
allerhand miteinander geredet/ und uns inſonderheit vielen
unnüꜩen kindiſchen Händel erinnet / welches dann zu einer noch kürꜩern guten Bekandtſchafft nicht wenig die-
nete : Er war der Gegen = Liebe nicht unwürdig/ lang von
Perſon/ mit einem lebhafften Farben=Geſichte/ und ſchwarꜩ
natürlichen krauſen Haaren / höflich in Gebärden / und
ſeh-

ihr freundlich in allem seinem Vorhaben / darzu ein eini=
ger Erbe seiner seeligsten Eltern / und bey guten Mitteln ;
Welches als es alles erwogen / verursachete / ihme zu be=
kennen / daß ich sein bäldestes wieder=kommen nicht ungern
sehen / und seine anderwärtige Gegenwart mir gar nicht zu=
wider seyn solte : Er nahm vor selbiges mahl Abschied /
und Servanta begleitete ihn durch erst=geführte Wege wie=
der biß vor die Hauß=Thür: Ich hingegen verfügte mich zu
meiner Baasen in das Schlaf=Gemach / und weiln sie sanff=
te schlieff / legte ich mich in meine Bethstatt / und erwar=
tete in gleichmässiger Ruhe deß hellen liechten Tages / da
dann mein Herr Vatter durch einen eigenen Boten mir wis=
sen liesse / wie bey anjetzo sehr schönem Wetter / er mich
wohl bey sich auff dem Lande / und umb gewisser Ursachen
willen allda haben möchte: Darum hiesse ich alsobalden
die Sänffte vorbringen / setzte mich darein / und liesse
mich dahin tragen / wo mein Herr Vatter meiner war=
tete : Unterdessen befahl ich meiner Baasen das Hauß=
Wesen / und Servanten / daß / wann etwan Lamphran=
tuci nach mir fragen möchte / sie ihme doch die Ursach mei=
nes Abseyns / und den Orth meines Auffenthaltens anzei=
gen solte :

Ich war sehr angenehm bey meinem Herrn Vatter / und
denselbigen gantzen Tag verbrachten wir mehrentheils mit
spatzieren = reiten und hetzen / da er dann unter währen=
der Zeit auch von Lamphrantuci zu reden / und zu scher=
tzen anfienge: Ich erzehlete ihme / daß er gestern bey mir
gewesen / und was wir beyderseits miteinander geredet :
So hast du / fragte er / denn demselbigen dich allbereit ver=
sprochen : Ach nein ! das kan ich nicht / aber wohl der Herr
Vatter thun: Ist es denn dein Wille und möchtest du selbi=
gen haben? Wann es der Herr Vatter vor rathsam hält und
ermeynt / daß es vor mich seyn möchte / so bin ich schon zu
frieden / und werde / wie in allem / also auch in diesem demselbi=
gen von Hertzen willig und gern folgen : Nun so bleibs denn
darbey / er soll dich haben / GOtt geb dir und ihm Glück dar=

zu ; Damit aber solches Christliche Ehrenwerck desto besser
beschleiniget/ und ich der Auffsicht meines wenigen Vermögens geübriget seyn möchte / massen ich denn gar wohl empfinde / daß mit angehenden Jahren / hingegen die Kräffte mercklich abnehmen / und es nicht allerdings wie zuvor / mit mir fort will: Als solst du innerhalb vier Wochen ohne eintzig Gepränge / nur in Gegenwart ein paar
seyn/ und meiner guten Freunde auf diesem Hause mit ihme
getrauet/und so dann das gantze Hauswesen auch übergeben
werden/ mir nichts mehr/denn das ordentliche Wohnhauß
in der Stadt/ und mein Lusthauß bey Rezo auf meine Lebens-Zeit vorbehaltende : Die grosse Liebe und das eben-
mässige Vätterliche Erbiethen gegen mir/ verursachten/daß
ich darüber hefftig zu weinen anfieng/ und er kunte dergley-
chen zu thun sich nicht enthalten / doch redete er mir zu ;

Liebe Tochter/ ich kan wol glauben/ daß dir meine Vätterliche und gleichmässige Treu auch Vorsorge / wohl hertzlich zu Gemüthe gehen muß/ angesehen/ du mich von Kin-
desbeinen an kindlich geliebet / und dergestalt geehret/ daß
ich mich offt innerlich darüber erfreuet habe ; Massen dann
eben darum ich dir allezeit Vätterlich wohl gewogen gewesen / nnd in deinen jetzigen Jahren mehr vor dich und deine
zeitliche Wolfahrt / als vor mich und mein noch weniges
übriges Leben gesorget habe ; Darum verbleibe in solchem Gehorsam gegen mir beständig und hinkünfftig deinem Liebsten getreu / erzürne selbigen
nicht leichtlich / und suche nicht mit ihme zu zan-
cken. (Denn dieses ist eines von denen grösten La-
stern/ beweiset auch gleich/ daß ein zanck sichtiges
Weib entweder auß schlechtem Herkommen ge-
bohren/ oder keinen Verstand haben müsse ; Denn
die/ welche / wie du und deines gleichen entspros-
sen/ sollen sich ehender die Finger abbeissen / und
daß Maul zunehen lassen/ ehe sie eine solche Untu-
gend begehen möchten:) Und wann er Ursach
umb etwas zu reden/ so höre dieselbe mit an / stehe
ihm

hm vielmehr bey/ als daß du ihme widerſprechen
volleſt; Denn wann er ja/ und du nein ſageſt/ ſo
gibt es kein gut Geblüthe/ und wann die Frau
dem Mann vorſätzlich wiederig iſt/ ſo hat die Liebe ein Ende/ und wolte ich lieber im Himmel/ als
bey einem ſo lebendigen Teuffel ſeyn: Ehre ihn/ ſo
wird er dich wider ehren; Verachte ihn ja nicht/
denn das iſt ein Zeichen eines unbeſtändigen und
mehrern theils untreuen Gemüths/ welches dann
bey jederman keine Ehre/ aber wohl übele Nach-
rede und lauter Schande gebühret: Im übrigen
bette fleiſſig/ habe Gott und deinen Liebſten vor
Augen/ ſo wird er dir dargegen geben/ was dein
Hertz nur wünſchet und verlanget/ ihr werdet geſegnet ſeyn auf dieſer Welt/ und ſo dann dermahl-
inſten mit mir geſegnet ſeyn in alle Ewigkeit.

Ich ſagete meinem Herrn Vatter gantz Kind-gehorſamen
Danck/ daß er ſo gar treu - Vätterlich vor mich zu ſorgen/
ich angelegen ſeyn lieſſe/ wie nicht weniger vor die albereit
mir wiſſend gemachte Anſtalt zu meiner Verehligung; Iſt
es denn von Gott alſo verſehen/ ſo bin viel zu wenig dieſem
Schluß deß Allerhöchſten mich zu widerſetzen/ ſondern
weiln ich deſſen und deß Herrn Vatters verhoffentliches liebes Kind ja ſeyn ſoll/ nun ſo geſchehe dann ihr Wille. In
dem übrigen nochmahls demſelbigen alles heimſtellende:
Der guten gegebenen Lehren halber werde bey Begebenheit
ingedenck zu ſeyn nicht vergeſſen/ auch mich ſonſten gegen
Lamphrantuci verhalten/ daß er verhoffentlich mehr mit
mir zu frieden/ als einige Klagen zu führen Urſach haben
ſolle.

In dem der Abend herbey kam/ verfügten wir uns wiede-
um ſatt vergnüget und beluſtiget in das vorige Hauß/ und
nach eingenommener Mahlzeit ein jedes zu ſeiner Ruheſtatt:

Indeſſen Lamphrantuci deß vorigen Tags mich nicht zu
ſehen vermochte/ und darumb ſelbiges Abends Servanten befragete/ auch was ich vor meiner Abreiſe derſelben be-
fohlen/

fohlen/ benachrichtiget wurde: saumete er sich nicht/ sondern
war allbereit mit angehendem Tage bey uns/ und als derselbige bey meinem Herrn Vatter (als welcher viel frü-
her denn ich/ aufzustehen pflegete) die erste Audientz ge-
habt/ und von ihme an mich verwiesen wurde/ ich aber
noch gar sanfft in der nächsten Kammer daran ruhete: Eröffnete er dieselbige/ schliech also leise zu mir zu/ setzte sich
auf das Bette/ und küßte mich etzliche mahl auf meinen
Mund/ ich empfunde wohl etwas darvon/ und rückte
den Kopff/ aber wegen deß noch anhaltenden Schlaffs/
achtete ich es nicht sonderlich: Er hatte mich in seinen rechten Arm gefasset/ und legte mir diesen Backen über meinen lincken/ darvon ich erwachte/ und ihn als einen unbekanten von mir zu stossen versuchte/ auch mit ernsten Wor-
ten/ hinweg gehen hiesse; Als er sich dessen aber wegerte/
und mir die Augen recht geöffnet wurden/ was solte
ich damahls anfangen? Er lachte mich auß/ weiln selbiger mich annoch so früh in Federn erdappet/ und ich
schämete mich nicht wenig/ daß ich mich also hatte
finden lassen: Nach deme erzehlete er mir/ was er albereit mit meinem Herrn Vatter abgeredet/ und was Sie
beiderseits vor einen beständigen Schluß genommen/ welchem ich denn nunmehro zu wiedersprechen nicht vermoch-
te/ weilen er mit der gestrigen Abrede gantz übereinstimme-
te/ und derselbigen gemäß von ihme vorgebracht wurde/
darum kunte ich mich auch nicht mehr wegern/ sondern versprach Lamphrantucin auf sein abermähliges innständiges
Anhalten das jenige/ was er verlangete/ und er hingegen
mir seine immer wehrende und beständige Treue: Darauf stellete derselbige mir einen köstlichen Diamantenen
Schmuck zu/ (welchen ich ihm mit nächstem zeigen werde) und diesen Ring/ so niemand von mir haben soll/ als
der jenige/ deme ich meine Liebe weiter theilhafftig zu
machen entschlossen. Ich bedanckte mich mit gar fleissiger Bitte/ er möchte sich doch belieben lassen/ so lange
in den Garten zu gehen/ biß ich aufgestanden/ und
mich

mich angekleidet hätte / dann wolte nicht saumen / sondern
gleich nach kommen / deme er auch willigst gehorsamte :
Unterdessen verrichtete ich / was gesaget / ordnete darauff
an / was zu Tractirung eines so lieben Freundes nöthig /
und verfügte mich darmit zu ihm in den Garten / da wir
nicht allein den Vormittag in beliebigen Gesprächen zu-
brachten / sondern auch desselben Mittags darinnen speiseten : Nach welcher vollbrachten Mahlzeit mein Herr Vatter
eine lange Rede gegen uns beide ablegete / und darinnen alles
das jenige widerholete / was er albereit öffters gedacht: Weilen wir uns dann beiderseits dessen noch wol erinnert / und
Lamphrantuci sein verlangendes Begehren wiederholete / ich
auch mein anderwertiges Jawort auf Begehren mit bey-
truge / nahm mich mein Herr Vatter bey der Hand / führete
mich zu ihm / und versprach mich demselbigen / biß auf die
würckliche Trauung / nach solchem verließ er uns / und gieng
wiederum in sein Gemach: Mein neuer Liebster aber verblieb
selbigen Tages / und noch zwey andere bey mir / da wir denn
der alten Vertreuligkeit und Bekantschafft uns völlig wieder theilhafftig zu machen Zeit und Gelegenheit genug hatten: Indessen wurde ein gewiser Tag zu unserer würcklichen
Verehligung bestimmet / und dergleichen unveränderlicher
Schluß gemachet / worbey es auch verbliebe. Mein Liebster
nahm vor dieses mahl Abschied / und ich folgete ihm in weniger Zeit nach unserer Wohnung / da er denn so wohl als
ich beschäfftiget war / sich aufs beste kleiden zu lassen / und im
übrigen darauf bedacht zu seyn / damit ja nichts an vorgesetz-
ter erwünschten Zeit uns verhinderlich erscheinen oder seyn
möchte: Solches alles ersahe meine Baaß mit sonderlicher
Verwunderung / wuste doch nit / zu was Ende oder worum
es geschehe / und als sie mich einsten fragte / was es dann zu
bedeuten hette / daß ich mir auf einmahl so kostbare Kleider
machen liesse? Gab ich ihr zur Antwort / weiln mein Herr
Vatter gewillet / die Trauer / umb die seeligste Frau Mutter
abzulegen / und dieses muste sie in Ermangelung anderer
Wissenschafften also glauben : Als aber das gesetzte Ziehl
fast herbey / scheuete mein Liebster sich nicht mehr so sehr / als

er biß daher gethan/ sondern kam gegen Abend/ umb wegen eines oder deß andern / mit mir Underredung zu halten / in unser Hauß : Da begunte die todte Fliege in etwas wiederum lebendig zu werden/ und kunte nicht mehr verschwiegen bleiben/was wir biß daher gar heimlich gehalten : Solches vermerckende/ schickte mein Baß eyligst / jedoch uns unwissende/ nach ihrer Frau Mutter/ und liesse dieselbe diese unsere vorhabende Vereheligung entdecken/die dann nicht allein derentwegen/ sämptlich sehr erschracken/ jedoch solches nicht zu verhindern oder zurück zu treiben vermochten : Es brach darauf balden vollends gar auß/ und ist unbeschreiblich/ wie von Freund als Feinden / wir beiderseits beneidet wurden : Jedoch so ergieng was ergehen solte/ und liesse sich keines von uns etwas anfechten; Viel verlangeten und verhoffeten unserer Trauung mit beyzuwohnen/ alleine es wurde niemand als zwey seiner Befreundten / der Pater Guardian auß dem Franciscaner Closter / so die Trauung verrichtete/und meines Herrn Vatters Brudern Sohn/samt dessen Eheliebste als meiner gar sonderbahren Freundin darzu eingeladen / und meine Baß nahm ich vor mich guttwillig mit ; Keines wuste den Tag unserer Trauung/ als deß Abends zuvor / da wir frühe hinauß reiseten / und nach dem alles glücklich verrichtet / erfuhren erst die Leuthe / daß es allbereit geschehen / und daß Lamphrantuci eine Frau / ich aber einen Mann hatte / worauß dann niemand nichts mehr machen kunte / weiln es richtig vollnzogen ; Die obigen eingeladenen Gäste verreiseten / nach guter Belustigung wiederum/ zu den ihrigen/ mein Liebster aber verblieb etzliche Wochen bey mir auf dem Lande : Indessen solches alles vorgienge / klagte sich mein Herr Vatter / wie er ein starckes Brust-Trücken empfünde / und daß der Athem selbigem so schwer würde/ ja daß ihme die Speisen gantz zuwider wären: Ich ließ einen berühmten Medicum holen/ welcher auf erstatteten Bericht allerhand gute und kostbar: Medicamenta verschriebe / derer sich auch mein Herr Vatter sehr fleissig bediente ; Allein das Drey und Sechzigst:

Jah

jahr seines Alters drauete ihme nichts gutes an / wie er
denn schon lange vorher es wohl vermercket / darum wol=
ten dieselbigen Artzneyen auch nicht anschlagen : Er gienge
noch etliche Wochen so herum / nahm aber an Kräfften und
Leibes=Vermögen dergestalt ab / daß er sich legen / und
etwan nach dreyen Wochen die Schuld der Natur bezah=
len muste : Ob mir nun dessen zwar vorher wol vermerck=
ter Todt sehr schmertzlich zu Hertzen gieng / so war doch
das dargegen mein gar kräfftiger Trost / weilen er nicht
starb / sondern in voller Andacht / und unter unserm fleis=
sigen Gebett / ohn eintziges Ach und Weh nur einschlieff :
Seinen Leichnam haben wir kurtz darauf in die Kirchen
zu unserer lieben Frauen im Thal genannt / nach seinen
Würden und Verdienst beysetzen / und mit gewöhnlichen
Ceremonien beehren lassen : Da wird er mit andern from=
men Christen deß lieben Jüngsten Tages erwarten.

Von Zeit meines seeligen Herrn Vatters Ableiben klag=
te sich mein Liebster auch stätig / denn nachdeme derselbige
etzliche Jahr zu Wasser wider die Türcken / vermög seines
gehabten Ritter=Ordens / gedienet / und unterschiedene
mahl von selbigen gar gefährlich verwundet / jedoch jeder=
zeit wieder geheilet worden / achtete er zwar solches nicht eben
groß / weilen aber einige unter selbiger Verletzungen / ihme
die Lunge berühret / und eben darum einen öffters sehr bewe=
genden Husten verspühren liesse / traumete dessentwegen mir
gar nichts gutes / liesse also den vorgemeldeten Medicum ho=
len / umb in Zeit diesem Ubel vorzubauen : Der Medicus
nach eingenommenem Bericht / sagte ungescheuet / daß die
Lunge nicht allein verletzet / sondern mit allem gar nichts
nutze wäre / muthmassete derentwegen daß auß diesem Malo
wohl eine Hectica oder Phthisis werden dörffte / weilen die
anmerckende innerliche Hitze nach und nach das Fleisch
verzehren / den Patienten enerviren / und so denn wohl gar
zu Grunde richten dörfften ; Er verordnete ihm gleichmäs=
sig gute Mittel / allein dieses Ubel hatte auch schon so weit
überhand genommen / daß es mein Liebster noch ein gantzes

hal

halbes Jahr triebe / je länger je mehr abnahm / und da der
vermerckte / daß es auch unvermuthend eine Scheid- und
Enderung zwischen uns abgeben dörffte/klagte derselbe mir
sein eintziges Anligen / so darinnen bestunde : Ihme wäre
nicht unwissend / daß er doch zum Sterben gebohren wor-
den/ ob nun solches balde oder langsam erfolgete/ das wäre
ein Thun / achtete eben den Tod nicht so wohl / als daß er
mich nur so neulich geheurathet / und nunmehro als eine
höchst-betrübte junge Frau balde hinterlassen solte : Ich
hätte ihme gern geantwortet/allein der Jammer-Schmertz
und das Elend / so ich über dieses sein Klagen empfunde/
wolte mir nicht zu reden/ aber wohl unzählich herbe Thränen zu vergiessen gestatten : Nun kan mein werthister
Freund erachten / was dieses vor ein Zustand denen jenigen seyn müsse / welche in Jahr und Tagen / Mutter /
Vatter / und Liebsten einbüssen? Gedachter mein Liebster ermahnete mich zur Gedult / und daß ich mich seines
so früh-zeitigen sterbens halber nicht allzusehr betrüben oder
bekümmern solte / vielleicht könte er noch durch fleissiges
Gebet von Gott Gnade erbitten / und eine Zeitlang weiter
mit mir leben/ 2c. Indessen verlangete derselbe einen Notarium / mit darzugehörigen Zeugen / ließ bey deren Ankunfft die Umbstehende sämtlich abtretten / befahl zu förderist seine Seele dem einigen wahren Erlöser/ und mich setzte er (biß auf wenige Legata, so denen nechsten Freunden
nach seinem Ableiben gegeben werden solten) zu einer vollkommenen Erbin / der ihme gehörigen gantzen Verlassen-
schafft ein : Endlich bothe er mir die Hände / küssete mich
und dieselbigen / sagte mir zu underschiedlichen mahlen
Danck vor alle erwiesene Eheliche Liebe und Treue / mich
darmit dem lieben GOtte zu allen nur selbst erwünscheten
und langwürigen Wohlergehen befehlende :

     Ich wuste fast vor Angst nicht zu bleiben / fiel zu ihm auf
das Bette/ aber ich kunte vor Heulen und Schreyen nicht
ein Wort reden ; Umbfaßte ihn also mit beiden Händen /
und benetzete seine gantz verfallene Wangen / mit einem

halben Thränen-Flusse: Er begunte gar heimlich und leise zu
reden/ und befunde/ daß es nicht lange mit ihme mehr werden dörffte / darum hieß derselbige vorgedachten Notarium
mit seinen Zeugen abtretten / und zwey Geistliche zu sich
erfordern/ welche dann gar bald erschienen / und mit ihme zu beten anfiengen; Weilen ich aber so beängstigtes
Geistes war / und andere gute Freunde mehr ihne zu besu-
chen/dahin kamen/führete man mich in mein Ordinari-Ge-
nach / da sie mich dann auff das Beth legeten/ und wegen
allerhand zustoffenden Blödigkeiten mit Balsam und andern Sachen anstrichen ; Ich wußte fast gar nicht mehr
vie mir war / biß vorgedachte Geistliche mit noch andern / zu mir hinein kamen / mich trösteten / und nach
und nach zu verstehen gaben / daß mein Liebster allbereit see-
lig verschieden: Welches kaum hörende / mich vollends in
eine solche Ohnmacht brachte/ daß/wie sie hernach berichtet/
selbst nicht gewußt/ ob ich noch lebendig/ oder meinem Lieb-
en gleich gestorben wäre : Nachdem ich mich in etwas er-
muntertе/führten sie mich wieder zu ihm hinauß/da ich dann
gleich auff seinen Cörper fiel/ihn küssete/und sehr zu schreyen
anfienge / aber welcher tod/ das war mein liebster Lam-
prantuci/ dessen Seele allbereit bey GOtt : Seinen Cörper ließ ich in eine eichene Truchen legen/ selbige mit schwar-
zem Sammet füttern/und ihn nach Gewohnheit dieser Rit-
ter/ in sein Stamm-Begräbnuß prächtig beysetzen: Also
bin ich gewesen ein einige Tochter / meiner lieben Frau
Mutter / ein gehorsames Kind meines einigen Herrn
Vatters/und nunmehro eine noch höchst-betrübte Witwe
eines so treu- und redlichen Ehe-Mannes /und dieses alles
mußte ich noch innen werden/ehe ich mein zwantzigstes Jahr
erreichet : Aber wie kein Unglück allein/so ereignete sich selbiges bey mir auch ; Ich hatte niemand dem ich sicher vertrau-
en durfte/ als bloß meiner einigen Servantin / und meines
seligsten Herrn Vatters Brudern Sohn: Die waren stäts
ob und neben mich / biß nach Lamphrantuci Beerdigung
schan 4. Wochen verstrichen waren/mein übriges Gesinde

an

an Dienern und Mägden behielt ich zwar noch bey mir/
allein sie thaten / wie noch geschihet/ was ihnen beliebete/
und mit selbigen hab ich mich offt erzürnen müssen;
Mein seeligster Liebster hinterliesse mir auch einen so genanten Verwalter / diesem trauete ich vor allen andern
am meisten zu / und eben darum brauchte selbigen in meinen Hauß-Verrichtungen: Ich hatte gar kein Hertz zu meiner Baasen / und die ihrigen wolten mich öffters besuchen/
ich schluge es ihnen aber allezeit ab / dieses verdroß meine
Baasen / und machte mit meinem Verwalter ein Complet,
mich mit Gelegenheit durch Gifft hinzurichten / da er
dann ein ansehenliches stück Geldt bekommen solte: GOtt
aber gabe mir ein / vor diesen beyden mich wohl fürzuse-
hen/ denn ob sie gestalten Sachen nach gleich zum will- und
demütigsten sich erzeigeten/ auch immer eines vor das andere / am nächsten bey mir seyn wolte/ ware mir doch dieses
ihre übrige Demuth allezeit verdächtig: Ich speisete einsten alleine/ und pflegete insonderheit gerne gerollte Gersten zu essen / der Verwalter truge die Speisen biß an die
Thür / meine Baase aber dieselbigen vollends auff den
Tisch/ da ich dann zu förderist nach der Gersten langete
und als ich den ersten Löffel voll zu mir nahm / däuchte mich/ als ob selbige nach lauter Kupffer schmeckete / bekam darvor einen Eckel/ wie ich mich denn bald darauf bre-
chen mußte: Ich empfunde/daß es nicht recht mit der Gersten zugienge / nahm derowegen alsobalden einen Messer-
Spitz von dem Sale Viper: in eben so viel Mithridat ein
und legte mich voller Argwohns/und zwar nicht umbson-
nieder/ mein Hund aber fraß das jenige/ was ich mit Ur-
laub von mir gegeben/ und ehe zwey Stunden vergieng
kam das arme Thier gantz taumelend zu mir vor das Bethe gekrochen/ lechzete über die massen: Er lag nicht lan-
da verreckte er/ lieff auch gleich einer Trummel auf/und
solte mir gegolten haben: O du armes Thier sagte ich/ge-
man mit uns also umb/das hat meine seyn sollen / und
hast vor mich büssen müssen: Ich rufte meiner Servantin

in der Kuchen ihres Thuns erwartete/und als sie kahm/wei-
sete ich ihr den todten Hund/ fragte auch/ was sie mir denn
vor Gersten zu essen gegeben? Servanten schoße das Blat/
und sagte/ Frau die Gersten ist richtig gewesen/ und in meiner Gegenwart nichts böses darunter kommen / was aber
ausserhalb der Kuchen geschehen / das kan ich nicht wissen /
und müssen die davor antworten/so es weiter getragen/ auch
darmit umbgangen : Meine Base machte sich derenthalben
gegen Servanten unnütz/fragte was sie denn darmit meyne-
te oder gedächte? Servanta antwortete ihr/ich mag meynen
oder gedencken was ich will/so gehet es mit der Gersten nicht
recht zu/worvon solte dann der arme Hund gestorben seyn/
wann er nicht Gifft gefressen? Ich hörete dieser Zänckerey
eine weile zu / kunte mir doch nicht rathen / was ich machen
solte : Schickte alsobalden nach meines seel. Herrn Vatters
Brudern Sohn/ und ließ ihn zu mir erbitten/ welcher dann
ungesaumt erschien;Als er nun das schöne Werck mit ange-
sehen/auch ich noch mit ihme im Reden war/ kahm eine andere Magd / und berichtete / daß die Hüner im Hofe nach
einander umbfielen/auch allbereit die Pfauen gestorben wä-
ren/welches dann daher kahm/daß/weil der Verwalter vermerckte / die Sache nicht wohl ablauffen möchte / hatte er
die Gersten gantz unbedachtsamer weise eylends in den Hof
geschüttet/ da dann das arme Vieh darüber kommen / darvon gefressen / und also elendiglich sterben müssen : Dieser
mein Herr Vetter wuste nicht/was er rathen oder sagen sol-
te/begehrete mit dem Verwalter zu reden / der sich aber allbereit auß dem Staube gemacht / und wo er hinkommen/
diß daher niemand erfahren können : Er fragete meine
Baß umb solche Beschaffenheit / die aber trotzig antwortete / sie könte es nicht wissen? Ich ließ den Medicum holen/
der betrachtete den Hund und Pfauen / öffnete theils
derselbigen / und erkennete / daß es alles von einem star-
cken Gifft herkommen seyn müste / wormit biß auf nächsten Morgen ich sämtlich gehen liesse / blieb also diesen Abend und die folgende Nacht gantz alleine mit Ser-

vanten

vanten in meiner Kammer/ und verschaffte/ daß die andern
im Vor-Gemach verbleiben solten; Meine Baas bote sich
auch an/ bey mir zu wachen/ aber ich hieß dieselbige nieder-
ligen/ weilen ich ihrer Wache vor diesesmahl nicht bedurfft/
es war mir noch etwas vom vorigen Gifft weh/ darum kunte ich die gantze Nacht nicht ruhen/ und Servanten stack
die Sache auch im Kopfe/ weilen sie sich nicht zu besinnen
vermochte/ wie es doch darmit müßte zugegangen seyn/ er-
warteten also miteinander deß bald darauff hervor blicken-
den lieben Morgens; Ich verharrete in meinem Bethe voller Bekümmernuß/ hätte gern einen guten Rath gehabt/ und
allen Anmerckungen nach einige gewisse Versicherung meines Lebens gewußt: Aber niemand kunte mir selbigen mit-
theilen/ biß gegen 8. Uhr der Medicus und mein Herr Vetter
sich wieder bey mir einfunden/ dieser zwar nicht vor die lange
Weile/ sonder umb einer guten Recompens willen/ so er hernach auch gar vergnüglich empfangen: Der andere aber auß
gutem Gemüthe und treuem Hertzen/ so er zu mir trug/ der
es auch dermahleinsten von mir noch redlich zu geniessen haben soll: Der Medicus fragte nach meinem jetzigen Zustan-
de/ und nach dessen Bericht überreichete er mir ein solches An-
titodon, das nicht allein das noch bey mir befindliche Gifft
außtreiben/ sonder mich auch hinkünfftig vor all dergleichen
sicher bewahren solte: Ich trauete seinen Worten/ und muß
gestehen/ daß mir auch darauff sehr wohl worden: Er wolte
etzliche mahl was sagen/ schwiege doch wieder still/ weßwegen
ich ihn darum zu fragen Ursach nahm/ und als die Umbste-
henden es merckten/ giengen sie in das Vorgemach biß auff
meinen Herrn Vetter/ welchen er bleiben hiesse; Sagte demnach: Hochwerthe Frau/ als ich diesen Morgen in den Apo-
tecken statt Eydes Pflichten Umbfrage gehalten/ ob nicht jemand neulicher Zeit etwa Gift geholet/ und von wem solche
geschehen/ auch was es vor ein Gifft gewesen wäre? Hat mir
in der andern Apotecken/ zum Morian genant/ der Provisor
bekennet/ daß etwan vor 10. Tagen der so genante Verwalter
deß seeligen Ritters Lamphrantuci/ ein starckes Gifft vor die
					Jung-

Jungfer im Hause begehret / und daß dieselbige darmit
die Mäuse zu sterben verlangete : So habe ich erstlich an-
gestanden / ihme solches zu geben / ehe und bevor er mir ein
Zeichen von der Jungfrau mitbrächte: Da er dann bald wieder kommen/und eine schöne Rubin-Rose vorgezeiget : Ich
habe ihme darauf geglaubet / und 2. Gran von dem Mercu-
io sublimato : 2. Gran aber vom Arsenico untereinander ge-
mischet abfolgen lassen / auch gesaget / daß sie solches mit
Mehl und Zucker vermischen / und denen Mäusen zu essen
vorstellen solten: Ob nun solches geschehen/oder was sie sonsten darmit gemacht/ das kan ich nicht wissen / und da
somit nun dieses Gifft her; Ich erschrack/daß meiner Baasen
darbey gedacht worden/noch vielmehr aber/als ich einer Ru-
bin-Rosen Meldung thun hörete/denn diese hatte ich ihr an
meinem Trauungs-Tag geschencket: Mein Herr Vetter verwunderte sich derenthalben noch vielmehr/jedoch weiln es alles abgangen/ gaben sie mir den Rath : Ich solte unwissende
einiges Menschens/ warum/ all mein Gesinde und zugleich
meine Baase mit abschaffen / sie wolten mir schon vertraute
Leute an die Hand bringen/ja mein Vetter selbsten offerirte
mir einen treuen Diener und dergleichen Magd: Der Medicus aber seinen Verwandten zu einem Verwalter/ und vor
denselbigen wolte er mit Hab und Gut caviren: Wegen der
vorigen wären sie erbietig Sorge zu tragen. Deß Medici Be-
freundter war der erste/den ich auf sein Parole zum Verwalter annahm/dieser mußte den vorigen Rath-Schluß werckstellig machen/und mein sämtliches Gesinde/ biß auff einen
Knecht abdancken/auch ihnen ihren Lohn geben/welche zwar
die Ursach ihrer Beurlaubung sehnlich zu wissen verlangten/
doch nicht erfuhren : Meiner Basen sagte ich selber Danck
für ihr bißherige Mit-Bedienung/und weilen derselben an-
so nicht mehr vonnöthen hätte / als könte sie sich nur wiederum zu ihren Eltern begeben/dieselben so auch ihre Brüder
und Schwestern meinetwegen freundlich grüssen/ zu Be-
zeugung aber meiner gegen sie tragenden guten Affection/
schenckete ich ihr ein Kleid und zwantzig Ducaten / ließ sie

also mit einer Kutschen nacher Hause führen ; Sie merckt
es zwar/ und wuste doch nicht/ was ich wuste/ darum gieng
es an an ein schweres Scheiden / weiln ihre Meynung war/
mich nach dem Himmel zu schicken/ und statt meiner auf
Erden zu verbleiben/ aber Gott wolte es anders haben ;

Nach ihrer Abreise ließ ich durch meinen neuen Verwalter noch zwey Diener und einen Knecht/wie auch vier Mägde annehmen/ die ich dann sämtlich noch habe/ und mit allen wohl vergnüget bin : Als ich nun deß Lebens durch diese
gesichert / und etwan ein halbes Jahr nach meines seeligen Liebsten Tod einsam zugebracht / funden sich unterschiedene Cavallier / so mich wieder zu heurathen vermeynten / aber keiner verzoge lange / sondern selbige
giengen bald wieder ihrer Wege / von welchen sie kommen waren : Dieses nun wurde ich durch die Meinigen zwar verständiget / aber die Ursach selbiger so eyli-
gen Ruck-Kehr kunte ich nicht erfahren : Endlich besuchte mich einsten meines Herrn Vetters seine Liebste/ die
mir under anderen auf den Zahn fühlete/und fragte/warum
ich mich nicht wieder verheurathen thäte ? Ich antwortete/
es ist noch Zeit genug/ zu dem/ wer wolte sich nach mir / als
einer so unglückseeligen groß sehnen : Nicht also / sagte sie/
Ich weiß es besser/ und seynd allbereit unterschieden wa-
ckere Cavallier umb ihrent willen hier gewesen / aber wie
man saget/ deßwegen balde wieder hinweg gezogen/ weiln
ihre Vettern sich zusammen verschworen haben sollen/ den-
jenigen/ so sie zu heurathen verlanget/ zu caputiren / darum
will es keiner wagen/ ja was noch mehr/ so wird auch davon geredet / daß sie euch selbsten auf was vor Arth un-
Weise nur möglich bey seit zu schaffen beschlossen : Ob
nun darüber nicht billich erschrocken / und biß diese Stu-
de (als da ich und andere unverschuldet/noch in solcher Gefahr schweben und leben müssen) darum nicht betrübet u-
höchst bekümmert seyn muß/ darvon lasse ich jederman/
sonderheit ihne urtheilen / und diß ists / worüber ich sei-
guten Rath und Hülffe nicht allein verlange / sonde-
dem

denselbigen auch hiermit und darum zum allerfleissigsten
ersuche :

Ich hatte ihr eine gute Zeit zugehöret / und muste mich
sicher verwundern / daß sie es gleich als an einer Schnure
so her zu erzehlen vermochte / jedoch so fielen mir auch wun-
derliche Sachen unter wehrenden diesen Reden mit bey / die
mir warlich recht das Hertz rühreten / und fast einen innerlichen Schrecken erweckten : Doch muste ich nothwendig mit folgenden Worten antworten :

Könte wohl eine grössere Unbeständigkeit gefunden werden / als eben die jenige / so sie mir anjetzo nach der Länge her
erzehlet? Ich vermöchte es schwerlich zu glauben / wann
nicht ihr eigener Mund mich dessen vergewisserte : Doch
muß man mit dem jenigen noch zu frieden seyn / welches allein von Gott komt / als da ist gebohren werden / und wiederum sterben ; Kranck seyn / und wieder genesen ; Fallen /
und ohne Schaden aufstehn ; Reich seyn / bald arm / arm
seyn / bald reich werden / und was dergleichen mehr ist: Allein
was vom Bösen und seinen Dienern herkomt / das ist gefährlich / und mehrern theils der Natur zu wider / denn das
weiset ihr eigenes anjetzo erzehltes Exempel / unter welchen
allen ich mich über nichts mehrers als über die Untreu der jenigen Schlangen / so sie eine Zeit hero in ihrem eigenen Bu-
sen gehäget / verwundern muß! Fremden Leuten / die offt auß
Armuth oder um Geldes willen etwas thun / denen ists nicht
so wol zu verüblen / als denen jenigen / so / wie sie selbst gesagt /
ihren Wein trincken / dergleichen Brod essen / und von ihren
Mitteln sich sonsten nothtürfftig unterhalten: Aber was soll
man thun? Diß ist der Welt Danck / und mit wenigem nicht
vergnüget seyn / sondern alles und zwar mit Recht oder
Unrecht haben wollen / eine jetzige Gewohnheit : Da nun
das letzte darzu komt / als nehmlich / wo nicht mit List / doch
mit Gewalt : Das hat / wie obgedacht / der Böse auf die
Bahn gebracht / und es diesen Leuten also eingebildet / darwider nun offentlich zu streiten / ist eine höchst-gefährliche
Sache / so nicht allein den Leib und das Leben / Haab
oder Guth / aber wohl die Seele mit antrifft : Hier

muß ich billich anstehen / und bedencken / daß ein solcher
Mensch /der bey guten Mitteln ist/und wenig Freunde/son-
dern nur sein gut Gewissen hat) es weißlich angreiffen/ und
höchst-vernünfftig ermessen müsse / wie er bey seinem Glück
sein Hauß-Wesen in gutem Wohlstande und Ruhe und
sein Alter so dann in Vergnügung setzen möge : Dieses nun
zu erlangen erfordert/ daß man ja keine Furcht oder andere Schwachheiten von sich vermercken / sondern die Groß-
müthigkeit allzeit grösser /als das Glück an und vor sich selbsten ist / dennoch jedesmahl hervor leuchten lasse/ wie man
dann auch keine Zeit ansehen/ und sich viel besinnen solle/
wann einige Stunden zu einer nothwendigen Rache hervor
kommen ; Darum haben wir auch keine billichere Richter in
solchen Fällen als uns und unser Gut-befinden selbsten;
Seynd wir nun solcher Standhafftigkeit versichert/ nun so
werden es unsere Gegner bald anderster geben und mercken/
daß Kühnheit ein verzehrendes Feuer/ ihre Prahlerey dargegen ein nur daher kommender schlechter Rauch sey/ an welchem ersten alle ehrliche Gemüther einen Gefallen/ an den
zweyten aber jederman lauter Mißbehagligkeiten haben :
Denn die Gerechtigkeit hat insonderheit dieses Lobwürdige
an sich/daß sie die Gemüther aller ehrliche Leute an sich zu ziehen pfleget/und kan sie gleich nicht allemahl einen glücklichen
Außgang versprechen ; So entzeucht sie doch denen jenigen
den erblichen Ruhm nicht / welchen man dardurch verdienet zu haben wohl weiß.

Ein jeglicher soll sich hüten/ daß er niemand/ auch im geringsten nicht beleidige: Doch muß man sich wohl vorsehen/
daß man wegen unverdienter Beleidigung niemanden nachzugehen groß Ursach habe: Gleich wie nun ohne Zweifel diese
ihre heimliche Feinde eine gantz andere Arth/ als offentlich sie
anzufallen/ haben müssen: Also muß sie auch auf eine andere
Arth zu ihrer nachtrucklichen Beschützung ergreiffen / und
selbigen darmit begegnen/ dann derselbigen Waffen seynd
blosse List / Trotz und Kleinmütigkeit / und eben dieses die
rechte Scorpionen/welche ohne Drücken verletzen/doch kan
man

man ihnen ihren uns wohl-bekanten Gift/mit einem schlechten Kunstgriff dergestalt benehmen / daß sie nicht mehr schaden können / nur darum muß man sich vor ihnen vielmehr
förchten/weilen man derselben nicht allzeit inne werden kan :
Ist derhalben auch kein Feind so trotzig/ der bey recht erwei-
sender Gegen-Gewalt. sich nicht auch als ein treuer Freund
stellen könne : Fuchsschwäntzer/ Schmeichler/ und andere
falsche Leute mehr/seynd in einem Werth/denn sie versichern
uns mit Worten ihrer Treu so wol als andere Maul-Freun-
de; Man lernet sie nicht ehender als durch Erfahrung erkennen; Drum muß man ihnen in Zeit mit solcher Entdeckung
vorkomen: Ist derowegen am besten/man geb solchen Leuten
gute Wort/und suche sie durch sinnreiche Vorstellungen auf
unser Seite zu bringen/wiewol es sehr schwer fällt/sich allzeit
verkappet zu halten: Der Haß und der Geitz blasen bißweilen
bösen Leuten eine Lust ein/nach deß Nächsten-Vermögen sich
zu sehnen/ können jedoch selten zu derselben rechten Genuß
gelangen/die Art und Weisen aber darzu zu kommen/deren
sie sich gebrauchen/dienen offt mehr wider sie und ihr Falschheit zu entdecken/ als selbige zu verhelen und zu verthädigen :
Denn das ist gewiß/daß sie uns zwar gern die Hände küsse-
ten/welche sie uns lieber abhaueten/und uns freundlich umb-
fang· wo nicht lieber ertrücketen ; Darum haben wir in allem Thun unsers Lebens unsere eigene Urtheils-Krafft wohl
zu beobachten und in acht zu nehmen. Wäre also mein un-
maßgeblicher Rath / sie versuchte dieselbige insgesamt wieder auff ihre Seite zu bringen / denn zu dergleichen Leuten
darf man nicht sagen/ was man denckt/ aber wohl dencken/
und doch thun/ nicht was uns/ sonder ihnen beliebet : Die
Welt will einmahl betrogen seyn/ und das kan man nicht
besser ins Werck setzen/ als durch Güte/ ob gleich ein weniger Heuchelschein mit unterlauffet; Gewalt oder Trotz thut
es warlich nicht/sonder nebenst obigen kan einige Freygebig-
keit/die doch ohne Schaden deß Vermögens seyn muß/ auch
viel darbey helffen / denn die Freygebigkeit ist eine solche Tu-
gend/ welche etwas leicht zu erlangen am meisten hilfft/und

jedoch viel ehender als sonsten dienen kan/ ja/ sie ist eine solche Sache/die den Samen aller Tugenden in sich hält: Sie
ist so edel als sie nur gemacht zu seyn scheinet; Sie sitzet als
eine Regentin in hohen Gemüthern/ Gunst und Liebe war-
ten ihr auff/Wohlgewogenheit gehet ihr nach dieselbe zu bewahren und zu helffen/damit ihr kein Unglück begegnen möge: Jedoch so muß auch hierinnen ein Unterschied gehalten
werden/denn ohne Ursach/ Erkäntnuß oder Verstand geben/
ist gar keine Freygebigkeit/ sondern man muß das Wesen
oder die Würdigkeit mit der Nothwendigkeit der Leute/ an
welchen man solche Tugend üben will/ wie auch die Zeit
und Gelegenheit wohl zu unterscheiden wissen: Diese Tugend ist so dann eine Schwester der Liebe ; Ein Freund in
der Noth ; Eine Ersättigung deß Verlangens; Ein Friede
der Streitenden/und ein Vergnügung der Bedürfftenden/
belohnet auch den jenigen die Arbeit/ die er doch niemahls
gethan / aber eben darum noch zu thun sich pflichtbar ge-
machet/ endlich werden darauß rechte Prothei, und bleibet
wohl darbey :

    Wer hat und gibt/ den hält man lieb/
    Und der nichts gibt/ bleibt wohl ein Dieb.

    Man findet nicht wenig Geschichte/ daß Leib und Leben
mit blossem geben/ und die grösten Gefahren mit Geld seynd
erkaufft/ und also dadurch zurück gehalten worden: Darum so achte ich vor einen unmaßgeblichen Raths=Satz:
Sie lasse den Stock ihrer heimlichen Feinde / nemlich ihr
Frau Baas ehistens zu sich erbitten/ und bey dero Anhero-
kunft schmeichle sie derselben best möglichst/gebe vor/ob hätte sie jedesmahl grosses Verlangen gehabt/ mit ihr und den
ihrigen in angebohrner Freundschafft vertraulich zu leben
auch in vielen zufallenden Benöthigungen mit einigerm
Hülf beyzuspringen: Allein sie habe selbiges mahl wegen ihres seligsten Herrn Vatters/ so Ehe=Liebsten (welche/ wie be-
kant/gar karg und genau gewesen)es nicht zu verbringen ver-
möcht/ wolte ihr aber hinkünfftig auf Verlangen/ und son-
aller Möglichkeit nach/ willig an die Hand gehen/ und der-
                                          mahl

mahleinsten (sie verheurathe sich weiter oder nicht) die ihri=
gen also bedencken/ daß sie es derselben unter der Erden noch
zu dancken Ursach haben solten: Ich wolte fast darauff
wetten/ es möchte besser gut thun/ absonderlich / wann sie
etwan / jedoch alles nach deroselben Belieben/ ihren Töch=
tern etzliche Kleider / die ihr doch ohne diß zu klein / und
sonsten etwas von Schmuck darzu gleich verehrete: Auff
solche Weise dörffte wohl der heimliche Neid und Groll/
auff ein Interim abnehmen / und erfolglich sich gar verlieh=
ren / anderster wüßte ich vor diesesmahl sicher nichts zu
rathen/ es wäre dann / daß man Gewalt mit Gewalt ver=
treiben wolte/ und daran solte es mir gar nicht ermanglen /
angesehen ich noch etzliche redliche Teutsche unter der Com=
pagnie / die auff gemessenen meinen Befehl / sich umb ei=
ne Discretion allen denen jenigen widersetzen würden/ wel=
che ich ihnen nur benennete: Sie hat die Wahl / und kan
auß beyden das beste erwehlen / oder aber beliebet derselbigen
andere Vorschläge zu geben/ ich werde befindenden Dingen
nach/ solche möglich helffen ins Werck setzen:

·Phiosa: Es läßt sich beydes hören / und ich werde nicht
unterlassen/ denenselbigen besser nachzusinnen / auch mich
darauf zu bedencken/ welches unter diesen am füglichsten und
sichersten könte practiciret werden: Weilen aber der Abend
fast herbey/ und ich mich nicht erkühnen darf meinen Herrn
zu ersuchen/ daß er bey mir verbleiben / und mit schlechter
Land=Kost verlieb nehmen möchte/ so will jedoch verhoffen/
es werde demselbigen nicht zu entgegen seyn/ nächstens sol=
ches in seinem Quartier würcklich und zwar besser als allhier
mit zu geniessen/ jedoch stelle ichs zu seinem Gefallen.

La Sir: Hochwerthe Frau / derselben ist vorhin bekant/
daß mir nit zustehet jetzo einige Nacht auß meinem Quartier
zu verbleiben/ dann so etwan unter solcher Zeit sich was ereig=
nen/ und ich nicht zur Stelle seyn möchte/ dörfte meine Ehre
Noth leiden/ und ich würde es auch nicht verantworten kön=
nen ; Darum vergeb sie ihrem Diener/ daß er vor diesesmahl
der Schuldigkeit nach nicht länger auffwarten/ sonder hier=

mit

mit seinen Abschied nehmen muß ; Sie lebe indessen ge-
sund/ und nach Belieben selbst vergnügt / biß mir die Ehre
von ihr gegönnet werden möchte/ mich zu erweisen als meine Schuldigkeit gegen derselbigen ohne diß erfordert :

Phiosa : Wie soll ich nach Belieben vergnügt leben kön-
nen/ weiln ich nicht allein diese Nacht / sondern noch offt in
dergleichen Einsamkeit seyn werde? Ach! Es ist ein hartes Leiden umb das jenige zu meiden / welches man nicht wohl zu
wissen vermag : Weiln es aber vor dieses mahl nicht anderst
seyn kan/ so wird er sich doch gefallen lassen/ meiner Sänfte
zu bedienen / die ihn dann hinbringen soll / wohin er selbst
beliebet / und nur befehlen wird.

La Grise: Wann solches bey mir stunde / und ich nur zu
befehlen hätte / so würde ich heute gewiß nicht weit mehr
kommen/ angesehen ich mich albereit an einem solchen Orth
und Stelle befinde/ da mir nicht besser seyn könte / und darum hette ich einer Sänften auch gar nicht vonnöthen/ sondern muß mich meiner Füsse bedienen/ die werden mich zwar
wohl darzu tragen/ wohin ich muß / aber nicht wo ich gerne seyn möchte : Unterdessen lebe sie wohl / biß das Glück
wiederum zu ihr zu gelangen mir erlauben wird; Mit einem
Kuß sagte ich derselben adieu, und liesse mir nachsehen / so
lang als ihr beliebete :

Der Tage begunte von dem Abend zu scheiden / als ich
wider in meinem Quartier anlangete / da ich dann etzliche
Officirer vor mir funde/ welche meiner schon bey einer
Stunden gewartet hetten/ rc. Sie verwunderten sich / wo
ich den gantzen Tag über müste gewesen seyn / und ich verwunderte mich/ daß sie mich nicht einsten wolten gesehen ha-
ben/ ungeachtet/ ich doch etzliche mahl im Grunde nach
Vögeln geschossen/ wiewohl wenig getroffen/ und hetten jedesmahl die Federn das Wilprät weg getragen : Ich liesse sie bey mir zur Abend-Mahlzeit verbleiben / und machte
mich mit ihnen / jedoch wider Empfinden / zimlich lustig/
biß die Zeit kam / in welcher selbige eine gute Nacht wün-
scheten/ und sich darmit nach ihren Quartieren verfügeten :

Nach

Nach ihrer Entledigung begab ich mich zwar auch zur
Ruhe / aber ohne dieselbige brachte ich in vielen schweren
Gedancken die Nacht so hin : Mir lag nicht wenig im
Sinne/wie Phiosa von ihrer Frau Basen gehöret zu haben/
erzehlete / daß derer Vettern sich zusammen verbunden het-
ten/ den jenigen schlechter dingen hinzurichten / welcher sich
understehen oder vernehmen würde / dieselbige zu heurathen / ja welches noch mehr / daß sie auch einige Gelegenheit
ihr dergleichen selbsten anzuthun / nicht zu verabsaumen/ ge-
sonnen wären :

Nun kunte ich wohl verspüren / daß die Gewogenheit /
so mir ohne Verdienst erwachsen / eben bey Phiosen dahin
gienge / umb mich gar zu heurathen / und eben so ware meine intention nicht weniger dahin gerichtet/ dergleichen möglichst zu suchen /und dermahleinsten werckstellig zu machen :
Wie aber solches bey so bewanter Beschaffenheit fort zu se-
tzen/und ohne Lebens-Gefahr verbracht werden könte / da
wolte mir es an Rath / Witz/ Nachsinnen/ und Hülffe er-
manglen/ so gar auch/daß ich wünschete/ sie niemals gesehen
zu haben: Doch fiel mir wider bey/daß fast insgemein mān-
niglich nach Ehr und Reichthum zu trachten pfleget/ weiln
denn dieses das köstlichste Uhrwerck/ durch welche die gantze
Welt beweget werden kan / und eben die rechten zwey
Haupt-Quellen unserer Unruhe/ darzu solche Irrgeister /
welche uns in unserm Vorhaben nicht wenig herum führen/
Denn in dem wir uns dieses als den rechten Grund und
das Ziehl unserer Hoffnung alleine vorstellig machen / und
desselben Erlangung so eyferig als nur möglich verfolgen ;
Darbey aber nicht in acht nehmen / daß der Zweck darzu zu
kommen voller Mühe/ Gefahr und Ungewißheit/ und daß sie
alle Augenblick über uns und unser elendes Leben zu gebie-
ten haben: Ja wer wolte den bey so beschaffenen Dingen sich
Dergleichen auf solche Maß zu erlangen/ unterfangen /weiln
wir doch nur uns eines eigenen Ubels unternehmen würden! Gewiß ists / daß so wohl das gute als böse nur in unserm Wahne hanget/ und daß beides seyn müssen / was wir
                                                          selb-

selbsten wollen / darzu so ist die Ungewißheit unserer Sinnen offt Ursach / das wir böses vor gutes erwehlen;
Haab und Guth ist zwar nöthig zum Leben / dargegen Armuth eine böse Befreundtin vieler Ungelegenheiten / denn
durch diese werden uns fast alle Mittel hervor zukommen/
wo nicht abgeschnitten / dennoch sehr gehemmet/ auch andere von der Natur verliehene Vortheile abgestricket und verhinderlich gemacht / dergestalt auch / daß wir offt nicht dahin gelangen können / worzu wir sonsten leichtlich zu kommen vermöchten :

Diese Unvollkommenheit nun / hat sich in unser Wesen
also mit eingeschlichen / daß auß Hunger und Durst zwey
gefährliche Kranckheiten worden/ derer wir zwar mit mög-
lichsten Nahrungs-Mitteln durch sonderbahre Beyhülffe
gerne abzuhelffen suchen; So ist auch die Kälte unserer natürlichen Wärme sehr feindselig/für welche uns zwar unsere Häuser decken/ und die Kleider beschützen / aber doch denen durchtringenden Winden nicht wol zu widerstehen ver-
mögen/wiewoln einem Klugen unverbothen/ seine Gedancken oder Meynung vor sich/und von denen anderen unterschieden zu haben/jedoch daß er sich von den allgemeinen Ge-
wohnheiten dadurch befreyet zu seyn nicht einbilden dörffe:
Dahero komts nun/ daß man die hohe Geburth ehret / und
dem Reichthum aufwartet/ denn dieses sind die rechten guldenen Kälber/so man insgemein anbettet / und ob sie gleich
nicht zur Tugend gebohren/stehen sie doch zum wenigsten in
solchem Stande / daß sie denen Bedürffenden gutes thun
können ; Ob selbige auch allemahl nicht das jenige an sich
haben / was sie wohl solten / so stehet es doch bey ihnen/
es dahin zu richten / daß man ihnen willigst aufwarten
müsse: Nicht weniger komts auch daher / daß wie unbe-
ständig sonsten das Glück ist / es sich doch auf solche masse niemahls gern der Beförderung eines dergleichen Fein-
des widersetzet / wann derselbe nur endlich so viel Ver-
standes hat / damit Er sich bey denen Grossen beliebt
machen könne ; Weiln dann das Glück nicht schuldig
ist

ist / uns nachzureisen / und bald hier / bald da zu suchen ;
Nun so müssen wir hervor wischen/ und uns bey dem jenigen sehen lassen/ da wir Hoffnung hierzu zu gelangen/ auch
zu finden vermeynen ; Bey diesem obliget uns abermahl
noch zweyerley wohl in acht zu nehmen / als erstlich den
Sinn und die Gemüths-Neigungen deß jenigen gründlich
innen zu werden / bey dem wir die Beschaffenheit unsers
Verlangens zu suchen Vorhabens seynd.

Mit dergleichen Gedancken nun/ vollbrachte ich den meh-
resten Theil selbiger Nacht/ denn ich suchte Vermögen/ und
das war da; Ehre gieng mir auf dem Fusse nach/ und warte-
te auch meiner ; Liebe und Freundschafft stunden vor Augen; Gunst und Gewogenheit ; Daran hatte ich fast nicht
mehr zu zweiffeln ; Aber umb dieses alles den Hals zerbre-
chen/ oder sonsten schelmischer Weise mich hinrichten zu las-
sen/ das wolte mir gar nicht anständig seyn ; Jedoch so kunte es so/ und eben auch nicht so seyn ; Darum resolvirte noch
ein wenig zuzusehen / und deß Fortgangs zu erwarten / bey
welchen schwermüthigen Gedancken/ diese Nacht abermahls
sich verlohr/ und das helle Tag-Liecht hervor leuchtete.

Indessen ich nun von Phiosen Abschied genommen hat-
te/ selbige meinem Rathe nachgesonnen/ solchen vor gut be-
funden/ und so fort ihre Baasen zu sich holen lassen/ mit der
sie vorerzehlter massen außführlich geredet/ sie beschencket /
und solcher Gestalt auff ihre Seiten wieder gebracht zu haben vermeynt/ daß durch die wiewol falsch-gegebene Versi-
cherung/ sie sich weiter in dem geringsten nichts zu befähren
verhoffete/ und in solcher vorgegebenen neuen Vertraulig-
keit liesse Phiosa ihre Baas/ gar wohl vergnüget/ wiederum
nacher Hause bringen.

Seither deme waren etzliche Tage vergangen/ in welchen
ich sicher grosse Gemüths- und Geblüts-Anfechtungen auß-
stehen müssen ; Jedoch verstellte ich selbige nach nur bester
Möglichkeit/ wiewoln es mir sauer wurde/ die ankommenden
Liebes-Funcken ohne würckliches entzünden zwar in ihrer
Glut doch ohne hell-leuchtende Flammen/ also verbogen und

un-

unmercksam zu unterhalten; Wodurch ich mich denn bey
jederman nicht allein in einen neuen Credit setzte / sondern
auch so viel darmit außrichtete / daß man unserer vorigen
Liebe nicht einmahl mehr achtete: Indessen gieng ich deß
Morgens spazieren/Nachmittags aber stellete ich entweder
ein Schiessen oder Spielen an / und deß Abends machte
ich mich mit anderer guter Gesellschafft nach Möglichkeit
lustig; Dieses nun trieb ich so lange/ biß Phiosa wiederum
zu Hause angelanget / und mich durch Servanten solches
vertraulich / auch wie sie bevorstehende Nacht nothwendig
mit mir zu reden hette / benachrichtigen liesse; Deme ich
dann gehorsambst nachzukommen antwortete / und mit
Servanten einen solchen gefälligen Bund umb alles / was
zwischen uns und ettwan hinkünfftig passiren würde / in
höchster Geheim zu halten / machte / damit ich auch nicht
daran zu zweifeln mehr Ursach haben möchte / versiegelte ich
ihr diesen Vergleich mit etzlichen Ducaten / so derselbigen
allem Anmercken nach auch nicht unangenehm waren/und
darmit schiede sie wiederum von mir.

Ich entzoge mich selbiges Abends der Gesellschafft gäntz-
lich/ mit Vorwand / daß ich nothwendig an den Obristen
zu schreiben hette / wolte auch eben das umb einenExpressen
darmit an selbigen fort schicken; Hette nun jemands dergleichen zu thun Beliebung/ stünde es einem jeden frey/und
solten so dann auch die ihrigen auffs beste mit bestellet werden; Also verließ ich die Gesellschafft bey einander / begab
mich dargegen in mein Quartier/darinnen erwartende/was
mir Servanta vor Novellen weiter zu überbringen in Befehl bekommen haben möchte / unterdessen/

1.

Als das grosse Liecht der Erden
Nun begunte trüb zu werden /
Und die Nacht jetzt kam heran /
Wust ich nichts zu fangen an.

2. Zeit und Weile machten höffen
Mich / als den aufs neue troffen

Pfeile

Pfeile so sehr hart verletzt /
Und in neue Sorg gesetzt:
3. Dieses nun zu überwinden
Kunt ich gleich nichts bessers finden /
Als zu folgen diesem Sinn /
Dem ich gantz ergeben bin:
4. Ich gedachte; So mein Leben
Nur so soll in Furchten schweben?
Je so will ich lieber todt /
Als also seyn in der Noth!
5. In dem dieses Liedgen machte /
Kahm Servanta mich betrachte /
Fragte auch worum gar sehr
Ich so Melancholisch wär?
6. Ihre Ankunfft bald verrückte
Meinen Sinn / weil sie sich buckte /
Und mir diese Zeitung bracht /
Hertz / Phiosa ist bedacht
7. Ihn zu sehn in ihrer Cammer /
Weiln sie einen neuen Jammer
Gleich empfindet: Weiß doch nicht /
Was ihr eben sonst gebricht.
8. Ich ließ alles stehen / liegen /
Thät mich bald zu ihr verfügen /
Stellte mich auch also an /
Als noch vor nie hätt' gethan.
9. Gleich mußt' ich mich nidersetzen /
Ach! sagt sie mit was Ergötzen
Kan ich ihn vor jetzt vergnügen?
Doch es wird sich nechstens fügen.

Als ich diese meine Gedancken in auch dieses Liedgen versetzet / und mich bey ihr eingefunden hatte / fienge sie zu förderist an / sich über meine ihr sattsam empfindliche kaltsinnige und nachlässige Liebe zu beschweren; Welcher ich denn alsobalden entgegen setzte die grosse Lebens-Gefahr / so mir von den ihrigen (deroselben eigenen gethanen Vertraulichkeit nach) in solcher geringsten Anmerckung angetrohet würde / und daß ich eben darum / jedoch wieder meinen Willen wol zurücke stehen / wo nicht gar hinkünfftig meinem wolgefaßten Schluß zu entgegen / sie gar zu meiden gezwungen werden dörffte.

Phiosa:

Phiosa: Die sich über diese Reden gantz verenderte/fragte mich/ warum ich denn solches auf mich ziehen wolte/angesehen ich darzu ja keine Ursach hette / und wäre meiner noch zur Zeit nicht in dem geringsten gedacht worden?

La Sir: Wertheste Gebieterin / wann es auch so weit kommen wäre/ daß man meiner intention halber/ bey Gegnern Versicherung hette/so wolte ich mich gewiß nicht gern allhier mehr finden lassen/ angesehen einen schlechten Danck darvor würde zugewarten haben: Ich fürchte mich eben deßwegen nicht / aber Gewalt gehet underweilens vor Recht/ und ein todter Hund kan nicht mehr beissen noch bellen / so komt auch die Verantwortung allzuspat/ welche einen allbereit justificirten Sünder nach außgestandenem Urtheil erst abzulegen erlaubt wird: Bey Trauen hat man sich wohl vorzusehen/und als ein halb verbrandtes Kind hab ich mich billich Ursach bestens in acht zunehmen / gestehe auch gern / daß ohne gnugsame Versicherung leicht niemand vertraue/ ohne ihr meine allerliebste Freundin/sie hat mich gegenwärtig in ihrer Gewalt / vor ihr habe ich mich nicht Ursach / in dem geringsten zu fürchten/traue derselben auch willigst/wie vor gesagt/alles/ja mein Leib und Leben: Aber wie kan ich um ihrentwillen von Gegnern dergleichen Versicherung haben?

Phiosa: Das lautet viel anders / als ich erstes anhörens von ihme vernommen / niemand weiß ja noch nichts gewisses / noch viel weniger ob er mich / oder ich ihn liebe: Ich selber kan ihn meines treuen Gemüths und ebenmässiger Beständigkeit zwar versichern / aber wie Er eben und dargegen gesinnet/das ist mir noch zur Zeit gantz unbewust. Will einer von guter Religion seyn / so muß derselbe denen Ordnungen und Regeln gar genau folgen; Will man aber verliebt seyn/nun so muß man diesen Folgungen auch nachstreben und leben/wie recht Verliebte zu leben pflegen: Jede Lebensarth hat ihren sonderlichen Endzweck/ und darwiderhero auch ihre sonderliche Mittel darzu zu gelangen: Was würden seine Untergebene sagen/ wann sie mit ihme fechten solten/und er wolte selbigen ihre Courage/ wie jener Mönch mit einem erbärmlichen Miserere zu sprechen? Darum hat

ben wir in allen unserem Thun auch unsere eigene Urthels-
Krafft wöhl anzuwenden / weiln doch die Nichtsachtung
auch keine Ubermaß niemahls haben kan: Zagheit und Ver-
wegenheit seynd zwey grosse Laster / die ein jeder billich flie-
hen / hingegen Tapferkeit als die Mittelschnure / nach der
man sich allezeit richten muß / suchen soll ; Darum ists billich / einen rechten Freund mit Redligkeit lieben / und dargegen böse und falsche Leute mit Nachtruck hassen und abhal-
ten; Die Natur ist mehr als zuwol eingerichtet / und bringet
leichtlich nichts böses an das Tageliecht / allein die jenigen / so
solche vorsätzlich verwirren / und die guten Wercke so übel
und närrisch mißbrauchen / verderben diese mit einander.

Ist derowegen nichts besser / als eine schöne und anmuthige Gemüths-Arth / denn die ist in sich selbst ruhig / und
fast jederman allezeit angenehm? Dieselbe thut auch gutes
ohne Zwang / und widerstehet fast aller Widerwertigkeit
ohne Mühe :

La Sir : Ich verstehe mehr als zu wohl / daß weder meine Klugheit / noch die von Natur mir sonsten schlecht verliehene Beschaffenheit / davon sie redet / einer solchen Persohn /
wie ich bin / kein stetswährendes Glücke noch zur Zeit nicht
versprechen könne: Denn gleich wie die Welt unter andern
von so vielen Leuten bestehet / die alle nach grossem Glücke
trachten; Also befleissigen sie sich auch mehrern theils dahin /
daß einer auß deß andern Unglück sich seinen auch absonderlichen Vortheil machen könne ; Kein Zweifel ist es /
daß ich nicht solche treue und gewogene Freunde überal finden solte / die sich nicht willigst an meine Stelle stehen / und
an meinen Orth setzen solten / wann selbige nur die Hoffnung auch haben könten / mich von dem Meinigen herab zu
bringen / und runter zu stossen : Aber was kan ich dann darvor ? Das Grosse Welt-Gebäu ist allezeit voll verwirrter
Händel / Untreu / Falscheit uñ Betrug herrschen stets darinnen / als in ihrem eigenen Lande / und an keinem Orthe fället
die Vertraulichkeit schwerer als an diesen / und insgemein fol-
get die unfehlbare Gefahr auf dem Fusse nach; Darum muß
man einen gegenwärtigen Freund mehrern theils als auch

einen künfftigen Feind beobachten : Die Klugheit ist der
Freymüthigkeit gar nicht zuwieder / aber wohl der Unbe-
dachtsamkeit / darum muß die Verschwiegenheit bey uns
verbleiben / und nicht herauß kommen / es wäre denn daß
wir wolten/ daß anderen mehr / als uns selbsten daran gelegen seyn solte; Wahrhaffte Freundschafft hat viel einen ed-
lern Grund / und suchet darunder gar nicht seinen eigenen
Nutzen ; Umb desto vollkommener zu seyn/ stützet sie sich auf
die blosse Einträchtigkeit : Darumb muß ich einen solchen
Freund nicht ansehen nur umb Gebens willen / und daß er
mir von dem seinigen etwan leyhen solle/ sondern als einen /
deme ich mein gantz Vermögen auch sicher und ohne Gefahr
vertrauen dörffe; Thue ich das Wiederspiel/ so liebe ich meinen Freund gar nicht/ aber mich wohl / und suche darunter
mein eigener Nächster zu seyn : Eine solche Freundschafft
kan nicht leicht bestehen / sondern diese / welche wir zur Ver-
geltung eines guten Gemüthes zu unserem Nächsten tragen/
nicht weniger denselben auch und zugleich darmit rechtschaffen lieben mögen : umb redlich und treu zu bleiben / darff
man eben falsche Freunde nicht meiden / denn von ihnen
lernen wir erst durch umbgehen / wie wir sollen klug / gescheide und vorsichtig werden ; Sie erwecken in uns eine
Begierde in der Welt vernünfftig zu leben / und also weisen sie uns erfolglich zur Acht- und Behutsamkeit an ;
Ein Mensch / der in so weit sich nicht in acht nimmet / hat
wegen erlittenen Schadens von dem Glücke gar nichts
zu fordern / an ihme selbst lieget es / sich der Welt weit
anzunehmen / oder dieselbige gantz zu verlassen / er muß
wissen / daß andere Leuthe nicht seinet halben / sondern
umb derselben willen geschaffen sey ; Die Welt verspricht
alles / damit sie nur diejenigen/ die ihr beschwerlich /trennen
möge ; Niemand aber lebet darinnen in solchem Zustand
selbige zu zwingen/ daß sie eben darum thun müsse/ was sie
versprochen ; Ihre dißfalls habende Anschläge gehen selten wohl ab / und ihr Zweck ist nichts anders / als treu
Freundschafften zu trennen / und alles Unkraut unter gut

Gemü-

Gemüther zu säen / ja endlich (wie hier zu sehen) gar Haß
under Blutsfreunden zu erwecken / wann sie nehmlich solche Gemüther antrifft / die nur im geringsten zweiffelhafft/
und sich nicht recht zu bescheiden wissen : Bin also der Mei-
nung/es mag endlich darauß entstehen/was da kan /so wird
wohl schwerlich ein beständiges Wetter erfolgen/ denn die
Lufft verendert sich deß Jahrs gar offt und vielmahl / darumb soll man ohne gewissen Bedacht und beständigen
Vorsatz auch niemand nichts versprechen / weiln auf solche
massen denenselbigen man auch nichts zu halten verbunden;
Hingegen die etwas gereden / seyn dem Versprechen nachzukommen schuldig und verpflichtet.

Phiosa : Meine Meinung ist gar nicht / von dergleichen
Sachen viel redens machen / habe ihne auch zu diesem ende
zu mir zu kommen nicht erbetten / laß es zwar in seinem
Werth und Widersprechen verbleiben ; Alleine ich habe al-
bereit/ und unter anderen gesaget / wann man verliebt seyn
wolle/so müsse man derselben Folgungen nachstreben und le-
ben/wie Verliebte zu leben pflegen / und daß auch jede Le-
bens-Arth ihren sonderlichen Endzweck haben müsse;Dieses
überstreicht er in seiner jetzigen Antwort mit einem Still-
schweigen/und gedencket nur/daß keine andere Freundschafft
mehr bestehen könne/als diejenige/so wir auß gutem Gemüthe zu unserem Nächsten tragen/ nicht weniger demselbigen
auch und zugleich darmit rechtschaffen lieben mögen;Gesetzt
nun es sey also/und ich wäre die jenige/so auß gutem Gemüthe zu ihm als meinem jetzigen Nächsten eine sonderbahre
Freundschaff trüge/ und derentwegen ihn auch rechtschaffen
liebete : Wolte Er mir denn auß eben diesem Grunde nicht
wieder gewogen seyn ?

La Sir : Die Frage ist mir etwas zu hoch/jedoch so habe
mich albereit vorhero schon darauff bezogen/daß ich deroselben alles vertraue ; In eben diesem verharre ich / und kan
schwerlich verlaugnen/daß meiner allerwerthisten Gebiethe-
rin ich mich nicht zu gantz eigen hiermit übergeben solte:Ob
nun hierunter eine gründliche Affection stecken müsse/darvon
lasse ich sie höchst-vernünfftig selbsten urtheilen ?

Phiosa. Wohl dann/ so sage und erläutere demselben ich
hiemit meine Meinung/jedoch auf sein jetziges gethanes Be-
käntnuß/auch daß ich nemlich ihn dargegen mich hinwiederum zu gantz eigen ergebe ; Was urtheilet er dann darvon?

La Sir: Ich kan nichts urtheilen/als daß auf solche masse
unsere Gemüther gantz vereiniget seyn müssen/und ob ich ihr
gleich sagen wolte/wie hertzlich uñ beständig ich dieselbe hingegen lieben möchte / so fällt mir doch darbey wieder gleich
ein/daß ich mich darmit auß vorig erzehlter Lebens-gefahr /
nit einmal därffe blicken/ noch mir etwas abmercken lassen:

Phiosa: Er lasse mich liebster Freund vor selbige Gefahr
sorgen / ich will darvor mit meinem Leib und Leben / ja mit
meinem gantzen Vermögen stehen / und der ihme derentwegen ein Haar krümmet/ der soll mir die meinigen gar auß-
rauffen; Lieben muß ich ihn/ weil er dessen würdig/und mir
alle Gegengunst darvor versprochen/jedoch so ist diese meine
Liebe auf einen solchen Grund gesetzet / der nicht weichet/
sondern ewig wehren soll;Dafern ihme nun mit dieser mei-
n:r Persohn und Vortrag gedienet/ wohl dann : wo nicht/
so will ich solches zu einem Steine gesaget/ und dergleichen
gegen einem andern nimmermehr vorgebracht haben.

La Sir: Ha! Was soll ich antworten? Ich bin einer solchen Liebe nicht würdig/und dergleichen Versicherung habe
ich auch mit noch nichts verdienet/jedoch da es ihr gefällig/
kan ich mir solche Gunst auch leicht mit dergleichen Beständigkeit in mein Hertz eintrücken/daß sie auf dieser Welt niemand hinwiederum darauß zu reissen vermögen soll:Jedoch
hat man bey allen Verehligungen vor allen Dingen viererley
wol in acht zu nehmen/als 1.die Geburth/ 2. die Persohn/3.
die Lebensarth / und 4. selbige Mittel : Dieses zweifelt mir
nicht/werde sie bey ihrer ersten Verheurathung allbereit wol
in acht genommen/ auch anjetzo ebenmässig bedacht haben:
So viel mich angehet / bin ich auß einem der ältisten Adeli-
chen Geschlechtern entsprossen und erweißlich herkommen;
Meine Person stehet vor ihren Augen;Meine bißher geführte Lebensarth ist auch diejenige/so ich allezeit bestmöglichst be-
bachte/aber die zu meinem Stande gehörige übrige Mittel

ermanglen mir etlicher maſſen; Darum bekehe und verläug-
ne ich ſolches nicht/darmit man mich nicht hernach vor einen
Aufſchneider oder Betrieger achten und halten möchte; ſolches hingegen anderwerts zu erſetzen / habe ich mich in den
Krieg begeben / welcher mir biß daher jedesmahl ſo viel ge-
bracht/ daß ich redlich darvon leben können/ ꝛc. Hoffe auch
mit Gott / da ich ſolchen continuire/ und geſund verbleiben
ſolte / mir an weiterer Beförderung und anderem guten
nichts ermanglen werde: Gleich wie nun die Ehe ein unauf-
löſliches Band iſt ; Alſo achte ich mich um ſo viel glückſee-
liger zu ſeyn / wann ich ſie als nicht allein am Leibe ſondern
auch an Gemüth und Verſtande überflüſſig begabte Schöne
zu einer Eheliebſten erheurathen ſolte ; Werde auch niemals
denen jenigen beypflichten/ welche da behaupten wollen/ daß
die Schönheit und Liebe zu Schlieſſung eines ſolchen Kaufs
eben nicht nöthig ſey ; Aber wer alſo verfähret / der würfft
ſich ſelbſten in ein ſolch Gefängnus / da er in Ketten und
Banden keine andere Erlöſung als durch den Tod zu hoffen hat ; Dieſes iſts nun / welches ich noch einſten und zwar
einmal vor allemal zu gedencken vor nöthig erachtet/ und da
ihr nun ſolcher geſtalten gefallen möchte / mich zu lieben /
werde ich dergleichen zu thun mit allem geziemenden Reſpect
Lebens Zeit nicht unterlaſſen ?

Dieſes hatten wir beyderſeits nur in dem Hin- und wie-
dergehen in ihrem Gemach under einander abgeredet / aber
ich merckte wohl / daß es derſelben eben mit ſolcher Weit-
läufftigkeit nicht viel gedienet / darum hieß ſie mich ein wenig verziehen/ gieng in ihr Cabinet/ und als ſie wieder herauß kahm / trat ſelbige mir ins Geſichte / ſagende : Mein
Herr / ich habe demſelbigen abermahls mit allem Fleiß zugehöret / und wüſte nicht genug Worte zu erſinnen / ihme
auf die ſeinigen darmit zu antworten / ſein freyes Bekant-
nus iſt mir ſo lieb als ob ſelbiges von dem beſten Redner wäre vorgebracht worden/ und halte ich am allermeiſten von der
reinen Wahrheit / die ich ſattſam gehöret zu haben / nicht
laugne/ auch an ſelbiger viel weniger zweifele : Meinen von
Jugend auf geführten Lebens-Lauf habe ich ihme mehrern-

theils unlängsten selbst erzehlet / und wann ihme an derstt
beliebet nach der Wahrheit zu fragen / wird er selbige verhoffentlich von jederman gar leicht erfahren können : Die
Wahl stehet im übrigen bey mir / und habe niemand / dem
ich darum zu fragen Ursach hette / als meinen lieben Gott /
welcher mir lauter gute Gedancken in mein Hertz gegeben :
Weil es denn ohne allen Zweifel von GOtt ist / nun so
geschehe so dann sein wille : Im übrigen sihet er mich
nochmahls frey und ungebunden vor seinen hellen Augen /
weiln er auch selbsten vorher bekennet / daß ohne Bedacht
ja nichts zu versprechen / massen dann sonsten man solches
zu halten auch schuldig sey : So bedencke er sich wohl / eh
und bevor er mir eine endliche Gelöbnus ablege / es stehet
noch bey ihme / das gefällige ins Werck zu setzen / und solches entweder zu thun oder zu lassen / und ist so dann niemand umb / neben und bey uns / als der jenige / so alles sie-
het / höret / und unsere Hertzen prüfet : Jedoch so haben die
Teutschen auch ohne das diesen Ruhm / daß sie in Heurathen keines Raths bedürffen / sintemahl ihre Landes-Gesetze
durch Verboth / daß sie nicht mißheurathen / eine sattsame
Vorsehung gethan haben sollen : Ich stunde vor ihr / und
verwunderte mich sicher / das sie mir so behertzt zuredete / alleine / was solt ich weiter antworten / das wenige / so ich sagte / war dieses.

Und Sie meine allerwertheste Freundin sihet auch mich
vor ihren lieb = brennenden Augen / welchen ich denn nicht
länger zu widerstehen vermag / es muß doch ein Schluß
seyn / und der ist dieser :

  Ich liebe ; Sie liebet ; Wir lieben uns beyde /
  Und wollen uns lieben in stetiger Freude.

Wir fielen beyderseits einander in die Arm / und wusten
nichts mehr zu thun / als mit gegebenen und geschlossenen
Händen solchen Contract so auch mündlich zu bekräfftigen
Als wir uns aber ein wenig erholet / schenckte sie mir den-
jenigen Demant-Ring / von welchem ich albereit gedacht /
und steckte selbigen an einen / meiner lincken Hand=Finger.

             Ich

Ich dargegen gab ihr eine Schnur Perlen mit einem guldenen von Rubin versetzten Creutzlein/ und darmit war unsere schon vormahls vorgehabte Handlung dermahleinsten zu einem richtigen Schluß/ aber noch nicht vollkommenen Ende/ gebracht: Der Verlaß war in dem übrigen/ dieses noch auf eine Zeit in höchster Geheim zu halten/ damit die Leuthe nicht so zeitlich urtheilen/ und unsere beschlossene Liebe so balden kundbar werden möchte/ zu dem Ende sie denn/ die Schlüssel zu denen jenigen Thüren/ durch welche selbige vormahls zu gehen beliebete/ mir außhändigte/ damit hiernechst und allezeit nach meinem Gefallen hinwiederum zu ihr kommen könte/ welche ich dann willig zu mir nahm/ und dargegen einen mißfälligen Abschied hinterließ.

Den darauf folgenden Tag empfunde ich zwar bey mir alle Menschliche Vergnügung zu meiner vermeinten zeitlichen Wohlfarth/ allein das Hertz wallete zum öfftern in mir/ und zeigete gleichsam darmit an/ daß es schwerlich gehen würde/ wie es wohl solte: Ich kunte mich warlich nicht drein schicken/ denn ob ich schon durch ihre Vermittlung alles das jenige überflüssig bekahm/ so ich zu meinem Bedurff vonnöthen hatte/ und nun nicht einen Pfenning deßwegen mehr außgeben durffte/ so war mir es doch allenthalben nicht recht: Indessen fienge ich an/ besser als vorher mich speisen zu lassen/ und behielte meine Officierer mehrerntheils bey mir/ die Musicanten musten auch öffters auffwarten/ und deß Tages über lebten wir in Floribus/ aber deß Nachts war ich keines Menschen/ als meiner Liebsten Freund/ wie ich denn etliche Wochen in höchster Verschwiegenheit auf solche Masse zu brachte/ auch manche liebe Nacht mit größem Vergnügen in ihren Armen ruhete/ da wir dann übrige Zeit hatten/ unser künfftiges Ehewesen eigen gefällig zu überlegen/ zu berathen/ auch solcher gestalt anzustellen/ wie es uns nur selbsten zuträglich zu seyn beliebete: In Summa/ der Himmel hienge voller Geigen/ denn ich

sahe

sahe vor meinen Augen/ was gleichsam mein Hertz nur zu
wünschen vermöchte: Einsten bat sie mich/ ich wolte doch
auff Teutsch ein Liedgen singen/ welches folgendes war:

1.

Das Glück sucht mich auff allen Seiten/
　　Und öffnet darzu Thür und Thor:
Mit Lust beginnt's mit mir zu streiten/
　　Vor andern zieht es mich hervor:
Ich traue zwar/ und doch nicht recht/
　　Weil auch von diesem hab gehöret/
Daß solches seine treusten Knecht/
　　In vielem offtmahls hab bethöret.

2. Es lacht mich an/ und macht mir Minen/
　　Es suchet mich in voller Lust/
Auch liebets mich gleich als die Bienen/
　　Denn weiser/ wie nicht unbewußt:
Es will mich gleich so heben auff/
　　Und schencken ein gar gut Vermögen:
Wann nur nichts widrigs folgte drauff/
　　So setzt ich mich nicht ihm entgegen:

3. Wer bald hoch steigt der fällt herunter/
　　Zerbricht gemeiniglich Arm und Bein:
Wen dieses nun nicht machet munter!
　　Der muß gewiß nicht witzig seyn:
Was schimmert ist nicht allzeit gut/
　　Nicht Silber; was da sonsten gleisset:
Wer sich im Glück erheben thut/
　　Der wird von selbem offt beschmeisset.

4. Wann auch das Glück aufs Glücke fället/
　　Und häufft sich unverhofft zusammen:
So wird dem dardurch nachgestellet/
　　Der Wärme sucht bey diesen Flammen:
Es thut zwar sanfft: hält doch nicht an/
　　Weil mehrentheils die Glut verlischet;
Und wer sich nicht mehr wärmen kan/
　　Wird allenthalben außgezischet.

5. Das Feuer brennt/ die Liebe hitzet;
　　Der Rauch verderbet das Gesicht;
Wer sich bemüht gar balde schwitzet;
　　Wer barfuß geht/ sich leichtlich sticht;
Wer seinem Nächsten Gruben gräbt/
　　Der wird zum ersten d'rin gefangen;

Wei

Wer ungebührlich sich erhebt/
  Wird offt vor einen Dieb gehangen.
6. Wer auf den Sand viel Häuser baut/
  Und hat es vorhin nicht erwogen/
Der wird auch / als mit einer Braut/
  Die er nicht kennt/ gar leicht betrogen
Wer allem glaubt/ und denckt nicht nach/
  Dem bleibt der Schad allein zurücke/
Drum kömt dergleichen Ungemach
  So wohl durchs Glück als Ungelücke.

Und ich ersuchte selbige/daß sie doch eines in ihrer Sprache möchte hören lassen/ welches ungefähr also lautete:

1.

Nun ich dein Hertz überwunden/
  Hab ich bey mir Ruh gefunden /
Deine Liebe mich sonst quählte/
Und mich gleichsam gar entseelte/
Aber jetzo bin ich frey/
Auch gleich als gebohren neu.
2. Alles was nur auff der Erden/
Muß doch endlich anderst werden/
Freude/ Lust/ ja Furcht/ und Sorgen/
Aendern sich bald heut bald morgen/
Unsere Sinnen wancken offt /
Drähen sich gantz unverhofft.
3. Alle Elementen weichen/
Geben ihres Wechsels Zeichen:
Nichts beständig ist zu finden/
Was vor war ist balde hinden/
Aller Anfang ist gar schwer/
Und das Ende noch vielmehr.
4. So verhält sichs in dem Lieben/
Was erfreut bald thut betrüben:
Und das grosse Liecht der Erden
Kan so klar als dunckel werden/
Nur ein Hertz/ das wie ein Stein /
Will nicht gleich erweichet seyn.
5. Ein dergleichen hartes Leben
Halt' ich / sey auch dem gegeben /
Welcher sonder ein Erbarmen/
Nun und nimmer will erwarmen:
Solche Grausamkeit und List/
Macht/ daß nichts beständig ist.

6. Nur eins / das ich bloß noch achte /
Und das mich verliebt auch machte /
Ist sonst nichts als das Verlangen /
Das mich so hart hält gefangen:
Auffer diesem Liebes-Schein /
Wolt ich wohl geblieben seyn.

7. Und dardurch hab ich gelehret /
Wer durchs Glück will seyn beehret /
Muß dasselbe lassen walten /
Auch dem Unglück stille halten:
Jedes hat ja seine Zeit /
Welches einsten noch erfreut.

Nach solcher Beendigung beliebelten wir uns noch ein
wenig / und weilen allbereit dem Versprechen nach schon ein
Paar worden / versuchte ich dieselbige auch recht zu lieben /
allein ich hätte bey einem Haar die Suppe gar verschüttet /
darum antwortete sie mir:

Was gedencket er / ich halte darvor / daß ihm meine
treue Liebe einer einbildenden Leichtfertigkeit halber fast
glauben machen will? Nein / Phiosa liebet / aber nicht
wie er wohl vermeynet / sondern redlich und auffrichtig /
auch wie es die Gesetze und nicht die Natur erfordern / und
haben wollen: Daß er aber seine Zufriedenheit in dem / was
die Ehre mir zuzulassen verboten / zu finden vermeynet / kom-
met mir seltzam für: Ich liebe zwar Beständigkeit und achte mich auch für diese / welche den Wanckelmuth als einen
Feind verflucht: Aber eine Thorheit ists / sich allbereit darauff verlassen / und suchen wollen / was man mit der Zeit
ohne diß habhafft zu werden nicht zweifflen darff: Bey
solcher Beschaffenheit wäre mir seine Abwesenheit ja so
lieb / als seine Gegenwart / und diese so angenehm / als jene:
Mein Vergnügen bestehet gar nicht in dem was er vermeynet / aber beruhet wol auff einer stillen Redligkeit / hasset auch
die jenigen / so solcher Gestalt nur beschwerlich zu seyn mir
vorkommen: Liebt er mich von Hertzen (wie ich denn nicht
daran zweifle) nun so erwarte er der rechten Zeit / und lasse mich biß dahin weiter mit diesem unangefochten / sonsten wird unsere Freundschafft gar balde ein Ende nehmen.

Nie

Niemand kan glauben / viel weniger ermessen / wie mich
diese Rede / darzu sie auch Ursach hatte / kränckete / und
gleichwol so war es auch nicht unrecht : Was für Pein und
hertzliche Schmertzen ich aber dazumahl empfunde / indem
sonder einiges Vergnügen also abziehen mußte / laß ich
meines gleichen darvon urtheilen : Die gantze folgende Nacht kunte ich vor schwerem Unmuth / welche die über-
häufften Liebes-Regungen in mir verursachten / auch gantz
und gar übernommen / keinen Schlaf in meine Augen kriegen / ungeachtet mir meine Schwermuth wohl darzu hätte
dienen können : Als aber mein beschwerter Geist seine Kraft /
die er durch den fast unerträglichen Liebes - Kummer /
der ihn vorher zu Boden geleget / wieder empfieng / begunte das helle Tage - Liecht hervor zu kriechen / welches
mich dann meiner schlimmen Gedancken etlicher massen ent-
übrigte : Anjetzo war ich bedacht mein gethanes Unrecht
zu simuliren / auch zu entschuldigen / daß es gar nicht also
gemeynet gewesen ; Alleine ich mußte es doch biß nächst-
kommende Nacht verspahren / weilen noch zur Zeit bey Tage zu ihr zu gehen mir noch nicht erlaubet war : Ich ver-
brachte den Tag nach meiner Gewohnheit / umb Schlaffens-
Zeit aber suchte ich wieder was in voriger Zeit zurück gelassen / funde es auch jedoch allbereit im ersten sanften Schlaffe
ruhen; Anjetzo hatte ich Gelegenheit ohne einige Verhinder-
nuß / nach meinem Belieben sie gefällig zu betrachten / beobachtete selbige auch bey einer guten Stund / ich bekenne es / sie
war extraordinari schön! Ihr Gesichte etwas braunlecht /
jedoch mit natürlichem Weiß und Roth unvergleichlich ver-
mischet / und ihr Corallen-rother Mund / wie nicht weniger
die brand-schwartzen Haar und Wimpern / nahmen eines
von dem andern solcher gestalt auß / daß ich mich nit länger
zu enthalten vermöchte / sondern Mund auf Mund legete :
Worüber sie erwachte / mich umarmete / und willigst gesche-
en ließ / daß ich Kuß um Kuß vertauschte; Sonst war sie etwas lang und schlang / wie aber das übrige ihres Leibs gestal-
et gewesen / kunte ich nicht wissen / weilen darzu keinen Be-
sich-

sichtigungs-Verlaub gehabt/ auch mir nicht wol anständig
gewesen wäre: Die Nacht habe ich mit ihr also auff dem
Beth sitzend hingebracht/ biß der Morgen mich wiederum
in das Quartier zu gehen befahle.

Man saget insgemein/der Krug gehe so lange zum Wasser biß er einsten zerbreche/ solches wurde auch hie fast werd-
stellig gemachet/ indem mein guter Freund/ dessen ich zuvor
gedacht/Alexander Sirangelo mir zusprach/ sich meiner Gesundheit halber erfreuete / und nachdem ich ihm alle würd-
liche Ehre erwiese/ auch zimlich bezechete/ machte ich selbigen darmit gantz treuhertzig / ja solcher gestalt/ daß er von
meiner Liebe zu reden anfienge / und warnete / mich wohl
in acht zu nehmen / indem ihre Vettern sich verlauten lassen / mir förderist auffzupassen/ und den Rest zu geben/
weilen sie sichere Nachricht hätten / daß ich unlängsten bey
ihrer Baasen auff dem Lande gewesen / und selbige zu einer beständigen Ehe zu bereden trachtete; Ich lachte/und
stellte mich gantz frembde/ auch ob mir das geringste darvon nicht wissend wäre: Alleine er wiederholete seine vorige Warnung gantz treuhertzig/und mit empfangenem Rau-
sche nahm er von mir Abschied/versprechende/ daß so fern ihme etwas weiters zu Ohren käme/ er mir solches treulich
wissend machen wolte: Mir war sicher nicht wohl bey der
Sache / denn dieser mein so guter Freund / der mir diese
Heyrath nicht miß- aber von Hertzen wohl gönnete/warne-
te mich nicht vor die lange Weile; Zu dem hatte mir solches
Phiosa auch zuvor schon selbst gesaget/ also und umb so viel
desto mehr hatte ich Ursache dem Land-Frieden so blosser
Dinge hin nicht zu trauen / und wann ich außgienge/trug
ich selbsten ein paar Pistolen unter meinem Rocke/ meine zween Diener aber dergleichen / und Flinten darbey: Diese Modè aber wolte etzlichen Italiänern nicht
allerdings gefallen/ jedoch stunde ich darvon nicht ab/ ver-
antwortete mich auch gegen selbige / daß ich solches nicht
thäte/umb einigem Menschen darmit zu schaden/aber wohl
bey vorkommender Gefahr dadurch mir selbsten zu helffen/

und

und Gewalt mit zuläßlicher Gewalt abzutreiben : Es
stunden wenig Tage an/ da das gantze Werck nicht öffentlich außbrach/und jederman davon redete/wie diese Heyrath
allbereit richtig / und daß es nicht mehr als an der Trauung
ermangelte : Die sonst gehabten Freunde veränderten darauff mercklich ihre Gemüther / und kam fast keiner mehr zu
mir/worauß daß zur Gnüge erhellete/ daß sie mir ein solches
Subjectum zu einer Frauen/als einem Teutschen nicht gönne-
ten : Ich liesse es gehen wie es wolte/sagete auch meiner liebsten Phiosen nicht ein Wort darvon/ biß ich einmahl von
vorgedachtem Freunde durch einen Expressen abermahls
schrifftlich gewarnet wurde / mich selbigen und den darauf kommenden Abend ja wohl in acht zu nehmen / und
zum wenigsten nicht außzugehen / welches dann best-möglichst beobachtete : Das Hauß / darinnen ich mein Quartier hatte/ war von hinden her an einem Berg gebauet/und
auß meinem Saal kunte man durch eine Thür gleich
auff die Gassen kommen / dahin auch zwey Fenster giengen : Ich ließ mir Feuer in das Camin machen / legte
mein Gewehr fertig auff den Tisch / und erwartete/ was
sich etwan begeben oder zutragen möchte : Als es nun zimlich finster / und ich mich der Wärme voller Gedancken bediente / hörete ich vor derselbigen Thür etwas pfli-
spern / liesse derohalben mir nichts gutes schwanen / stunde auff / und tratte hinter das Camin in eine Ecken;
Indem klopffete jemand gar gemählich an : Ich fragete wer da? Aber niemand wolte antworten; Der s. v.
Schweiß lieff mir über den Rücken/uñ weissagete gar nichts
Gutes : Es klopffete abermahls/ aber ich wolte nicht hervor ; Indem geschahen fünff Schüsse zugleich / als drey
durch das Fenster und zwey durch die Thür / davon mir
die durchs Fenster gar nahe giengen / aber ich wolte noch
nicht hervor/ biß darüber ein grosser Lermen wurde / und
jederman zulieffe/auch mehrerntheils vermeyneten/als ob
ich solches selbsten gethan/und wider ihre Landes- so Statt-
Ordnung gehandelt hätte ; Denen ich dann die Thür
eröff-

eröffnete/und zeigete/wie nicht ich/sonder es andere/so mich
weilen ich ihnen die Thür nicht eröffnen wolte/dennoch über
einen hauffen zu schiessen gewillet gewesen: Etzlich von der
Obrigkeit kamen selbsten solches zu besichtigen/hiessen mich
getrost seyn/mit Versicherung/daß sie hierndchst fleissig in-
quiriren/und die Thäter zur gebührlichen Straffe ziehen
wolten/worum ich dann auch gar inständig bat; Dieselbige
Nacht ließ ich mich von etzlichen Reutern bewachen/da man
dann deß darauf folgenden Tags fleissig nachforschete/aber
nichts erfahren kunte/als daß bey Schliessung der Thore
etzliche verdächtige Kerl hinein kommen/welche sich aber
in selbiger Nacht durch einen hernach angebundenen und
gefundenen Strick über die Mauren gelassen/und also
darvon gewischt: Darbey wolte verlauten/als ob sie von
meiner Liebsten Vettern darzu erkaufft/und allbereit mit
gewissen Ducaten bezahlt worden wären:

Phiosa solches vernehmende/scheute sich auch nicht mehr/
sonder besuchte mich öffentlich/bote mir auch in Gegenwart
anderer/ die nur von ihr verlangende möglichste Assistens
und Hülf an/die ich dann dancknehmig erkennete/und selbige dargegen ersuchte/ nicht allein in diesem guten Vorhaben mich zu secundiren/ sondern auch mit dero nachtrückli-
chen würcklichen Hülf zu statten zu kommen/ und der vor
Augen schwebenden jedoch unverschuldeten Gefahr zu über-
heben und zu befreyen; Welchem denn sie auch möglichst
nachzukomen verhieß/ sich darmit wieder nach ihrem Hause
kehrende: Ich verlangete zwar dieselbige biß dahin zu be-
gleiten/alleine wegen der Umbstehenden/wolte sie es vor anjetzo nicht zulassen: Sie war kaum dahin/ daß nicht ihr
Vetter/ und noch ein anderer bekanter Cavallier/ zu derselbigen zu kommen/ durch ihren Verwalter freundlich er-
suchet worden/ welche sich darauf bäldest bey ihr einfunden/
denen sie dann vor ihre Dahinkunfft danckete/ und solcher
Gestalt anredete:

Meine gar werth-geehrte Herrn Verwandten/und auch
sonsten gute Freunde/ihnen ist nicht unwissend/welcher Ge-

stod

kalt durch den seeligsten Hintritt meiner Frau Mutter/Herrn Vat=
ters/und damahligen einigen Liebsten/ ich zu einer betrübten Waisin
und erfolglichen Wittben/ durch die Göttliche Verhängnuß werden
müssen; Was in so kurtzem Elende erlitten/ und wie leichtfertig mir
auch nach meinem noch jungen Leben gestellet worden/ist denen jeni=
gen gar wohl bekant / so theils meine Lebens=Gefahr selbsten mit an=
gesehen/ theils die Würckung der mir zubereiteten Kost an denen ar=
men unvernünfftigen Thieren außbrechende / erkennet haben : Und
ob ich wohl zur selben Zeit sattsame Ursach gehabt/ an denen jenigen
mich alles Ernstes/ja so zu rechnen / als sie wohl verdienet; So habe
dennoch das Beste bey mir bestehen lassen/ und das übrige alles dem
grossen Gerichte deß Allerhöchsten übergeben wollen/der sichern Hof=
nung gelebende / es würde Gegentheil vor ihrem eigenen unverant=
wortlichen Vorhaben ein Abscheu tragen/ in sich selbsten gehen/ und
erwegen/daß es zwar gar leicht sey einen frischen und gesunden Men=
schen/umb seine eintzige Wolfahrt(welches da ist das elende und ohne
diß sterbliche Leben) zu bringen/ und dargegen die harte und schwere
Straffe GOttes zur ewig=währenden Verdammuß über sich zu zie=
hen : Allein diese Leute können entweder nicht glauben/daß ein GOtt
im Himmel/ oder ein Teufel in der Höllen seyn müsse/ denn wann sie
solches glaubeten/ so würde selbige ohne Zweiffel sich vor diesem sehr
hüten/ oder vor dem andern ein abscheuliche Furcht vermercken las=
sen : Daß aber sich solches würcklich also verhalte/ bezeuget die jeni=
ge Geschicht/so in gestriger Nacht vor meinem Hause an einem mei=
ner guten Freunde vorgenommen/außgeübet/ und fast verbracht
worden/welcher denn noch zur Zeit/ weder dieses von mir/ noch der=
gleichen eines von den meinigen gar nicht verdienet : Er ist ein Teut=
scher von gutem Gemüth und Geblüte/ein Kriegs=Officirer bey mei=
ner gnädigsten Lands=Obrigkeit/und in meiner Häuser eines bey un=
längst vorkommender Einquartirung / in Manglung eines andern
und bessern einlogiret worden. Welchem ist unter ihnen verborgen/
daß er nicht in währendem Hier=seyn sich ehr= und rühmlich verhal=
ten/ oder ist jemanden verhanden/der wider ihn derenthalben was zu
sagen oder zu klagen hätte? Mir ist von dergleichen nichts wissend/
und eben darum habe ich ihme mehr als sonsten einem widerwärti=
gen zu gute thun lassen/ bin auch nicht übel gewillet/ gestalten Sa=
chen nach / mit selbigem mich gar zu verheyrathen/ und da ich der=
gleichen auch thäte/ wer wolte mir denn die Herrschafft über das
einige bey noch gesunden Leibe und Verstande disputiren/ oder mich
dadurch zu einer aberwitzgen Thörin machen? Alldieweilen aber
er gewiß berichtet werde/ daß allbereit eine solche verrätherische
und höchst=unverantwortliche Verbündnuß wider mich/so auch die=
se Officirer in meiner Freundschafft sich angesponnen/ die da deß
ich zwar unvollzogenes dennoch beständiges Sinnes seyn sollen/

uns beyde auff eine dergleichen vorgehabte Arth durch ihr verteuffeltes Vorhaben hinzurichten; Mir aber dergleichen zu vertragen unmüglich/auch demselben länger nachzusehen/und ein solch höchst unrechtmäffiges schelmisches Beginnen/ohne Verschulden zu verbringen/ noch außüben zu laffen nicht gemeynet: Als habe (diesem bösen Vorhaben in Zeit vorzubauen) meinen Herren Verwanten als auch sonderbahren Freunden/hiemit solches vertraulich zu entdecken nicht umbhin getönt/ thue das auch hiermit solcher Gestalt/und also/daß wofern mir oder mehrgedachtem Officirer / so zu reden/ durch Gegners Verwahrlosung nur ein Haar gekrümmet oder verletzet werden solte; Ich solches mit Dargegensetzung meines Guts und Bluts/ äufferster Müglichkeit nach / an ihnen zu rechnen nichts erspahren noch unterlaffen werde/ und das auf den erften dergleichen Fall/ich all das meinige den Banditen zu einer Gegen-Revange lieber schencken/als den geringsten unter ihnen/einen Heller darvon gönnen wolte: Dieses mein gesetztes Vorhaben gelieben die Herren meinen vermeynten Vettern nicht allein gebührlich zu hinterbringen / sondern denenselbigen auch anzudeuten/daß ich ihnen sämtlich hiemit auf gesetzte Fälle alle Freundschafft will auff- und abgekündiget haben: Damit aber bey etwan weiter vorkommenden und erfolgenden Unglück / die hohe Obrigkeit/ so auch sie meine geehrte Herren und Befreundte / von meiner gar eigentlichen Disposition eine sichere und wohl-aufgeführte Nachricht haben möchten; So will ich ihnen hiermit diesen (auff solchen Fall begebenden Zutrag) meinen letzten Willen unter meiner eigenhändigen Schrifft und Unterschrifft durchgehend versiegelt zugestellet/ auch nur diß mir darbey vorbehalten habe/daß/wofern sich Gegentheil etwan ändern/und richtige Versicherung ihres bösen Vorhabens entgegen zur Hand bringen würde/ mir so dann noch frey stehen möchte / solches von ihnen wieder abzufordern und beliebig zu ändern: Bey welchen vorkommenden beyden Fällen gleichwol der ihrigen nicht vergeffen werden/ und in selbigen Punct seine Beständigkeit jederzeit haben und behalten solle/rc.

Einer unter beyden antwortete: Mein hochgeehrte Frau hat uns anjetzo ein solches Werck vertraut / welches/ so es von einem andern wäre erzehlet worden/ wir einer dergleichen Leichtfertigkeit nimmermehr hätten Glauben beymeffen können/ ja wir stehen noch an/ solches von Bluts-Freunden also könte vergenommen/ viel weniger Werck gestellt werden: An unserm Hinterbringen wirds gar nicht mangeln/und solches soll bald verrichtet/ auch die darauf erfolgte Antwort ehist zurück gebracht werden: Im übrigen wollen wir dem jenigen/so sie uns vertraulich übergeben/gar behutsam umbgehen/ und es wohl verwahren/ da sonst der unsern auch gedacht werden/ist solches mehr vor eine Gnade als Schuldigkeit aufzunehmen/ und werden dieselben/ so es nach GOttes Willen dermahleins zu

warten/biß in ihr Grab es höchst zu rühmen/nit vergessen: Sie lebe
indessen biß zu unserer bäldesten Widerkunfft gesund / und glaube
dem jenigen/ woran wir noch zur Zeit selbsten einen Zweifel haben/
nicht vollkommen.

Phiosa: WolteGOtt es wäre also/ und daß ichs nicht zu glauben
Ursach hätte/ aber die unlängst an mir und nur jetzige an de la Grise
außgeübte Leichtfertigkeiten zeigen mir/ daß ich wohl glauben muß
was ich sonst nit glaubete/ indessen will auff gute Verrichtung hoffen:

Deß folgenden Tags legten sie ihre Commission aufs beste ab / allein der umb gar nichts dergleichen Wissenschafft haben wolte/ war
der jenige mit den seinigen/ so dieses böse Werck solte angesponnen ha-
ben/ welcher dann selbsten mit zurücke kam/ und sich bey seiner Seelen vermaß / daß er darum nicht die geringste Wissenschafft gehabt/
viel weniger die seinigen nur jemahls daran gedacht hätten; Er kam
auch zu mir und entschuldigte sich und die seinigen auffs allerbeste/
versprach mir auch bey Verlust seines Lebens/ daß ihme und Angehö-
rigen nichts darum bewußt sey / wofern auch nur das wenigste denenselbigen könte beygemessen werden/ wolten sie solches mit aller
Ehr verlohren haben: Ich schobe es ihm in sein Gewissen/ sagte aber
auch darbey/ daß ich mich hinfüro besser in acht nehmen und darauf
bedacht seyn wolte/ weiterm vorkommendem Gewalt best-möglichst
zu resistiren/ darmit gieng er von mir:

In wenig Tagen hernach empfieng ich abermahls von HerrnSi-
rangelo ein Warnungs-Schreiben / der mich dann nebenst dem ver-
sicherte/ wie abermahls er in gewisse Erfahrung bracht/ daß ein anderer Italiänischer Cavallier auf mich passen liesse/ und zwar dar-
um/ damit er Phiosen dadurch zu erheurathen gedächte/ weilen selbiger glaubwürdig berichtet worden/ daß unsere Heurath schon so gewiß als geschlossen / und daß vor mir sie sonst niemand würde erlangen können; Mit diesem Schreiben gieng ich einsten in das Feld/ meine Schwermüthigkeit zu vertreiben/ und den Sachen recht nachzu-
sinnen/ wiewol der Schmerzen und innerliche Zorn/ auf kein bequem
Mittel mich zu schützen wolte dencken lassen/ denn wann ich schon etwas erdachte/ so hemmete mir doch mein widriges Glück alle Gelegenheit selbiges anzubringen;

Indem ich nun also vertiefft hin und wieder gienge / kam ich unverhofft an einen gar lustigen Busch/ darinnen meine seufzen-
de Gedancken außzulassen gedachte; Der Orth ware sehr lieb-
lich und so dienlich vor einen Verliebten/ als Betrübten; Weilen nun beyde die Einsamkeit so hoch achten/ war dieser darzu
der allerbequemste) im ansehen/ daß ein lieb-sauselndes Was-
serlein/ so durchhin lieff/ mit einer sonderbahren Lieblichkeit die
Lufft kühlete / und einen viel geschickter/ als sonsten/ sein Gemüthe außzuschütten machete/ als kunte ich mich nicht nur allein

Dar-

darbey und daran sehr ergößen / sondern auch in so angenehmer
Stille auff Rache dencken/ meinen Feinden obzusiegen: Ich sahe eine
lange Weile die beliebte Bäume/ welche mir kühlen Schatten mach=
ten/ mit grossem Vergnügen an/ und vergasse fast darüber meiner
selbsten/ denn die Lufft / so die Blätter bewegete / machte so eine ge=
reimte Einstimmung/ daß sie mich recht ergößeten: Ich sahe oben
ihre Gipffel nicht wie sonst herfür ragen / weilen sie mir gleichsam so
geneiget schienen/ und zwar dergestalt anmuthig/ als wann sie mich
gar auffzunehmen ehrerbietig wären / also auch / daß ich mich fast
verwundern mußte/ wie sie doch ihre Liebligkeit mir auff einmahl zu
zeigen sich darstelleten: Ich lagerte mich ins Gras und betrachtete
mein bevorstehendes Unglück/ bald vor= bald rückwärts/ wiewol mit
weniger Besserung/ denn was mir dißfalls helffen kunte / mußte all
zu theuer erkauffet werden / weilen meine Widrigen gäntzlich ent=
schlossen/ mich auß dem Mittel zu räumen/ indem sie nicht zu leiden
vermöchten/ daß ein Außländer in die schöne Phiosen verliebet seyn
solte/ welches sie denn auch beständig glaubeten: Diese nun stelleten
mir unschuldig nach/ und gaben noch zum Uberfluß für / als wäre
ch der jenige/ welcher ihr liebreiches Hertz durch verbottene Künste
bezwinge; Diese Verleumbdung nun fränckete mich vielmehr als
die Lebens=Gefahr/ so ich vor mir hatte/ denn die Unschuld war mei=
ner liebsten Phiosen selbsten bekant / noch gleichwol mußte ich mich
umb ihrentwillen also beeifern lassen/ daß sie mich auch umb derent=
halben mit Fleiß hinzurichten suchten: Wie ich nun die Ursach be=
trachtete/ worauß sich ein solcher tödtlicher Haß wider mich ereigne=
te/ so befande ich keine andere/ als daß mich Phiosa suchte hervor
zu ziehen/ und auch redlich liebete; Umb solcher Ursache willen sol=
te ich dann sterben/ und mich tödten lassen/ das war ja all zu ver=
drießlich; Wann ich dann erwoge/ wie viel ich meiner tugendhaf=
ten Phiosen verpflichtet war/ so wolte ich gerne meine Seele ihr zu
getreuen Diensten erhalten haben/ eiferte auch gewißlich mehr bei
mir umb sie/ als umb mich selbsten; Als ich nun in so tieffen Gedan=
cken und grossen Hertzens=Schmertzen lag/ und hin auch her trachte=
te/ mir friedliche Sicherheit zu verschaffen / befunde ich nichts rath=
samers/ als dieses Land gantz zu räumen: Indem ich aber bey mir
bedachte den Schmertzen / welchen ich wegen deß Abschieds von mei=
ner treu= geliebten Phiosen würde erleiden müssen / stunde ich in
Zweiffel/ und wußte abermahl nicht/ wo ich guten Rath hernel=
men solte? Weilen es denn bald Abend als stunde ich wiederum auf
und gieng meinem Quartier zu; So bald ich dahin kam vertrau=
te ich dieses mein Vorhaben meinem Cammeraden/ der mich dan=
darinnen stärckete/ und sagte / es seye besser quittiren / als sich so li=
derlich capuriren lassen/ denn mir wäre so wohl/ als ihme/ nicht unt=
wußt / daß nach dem alten Sprichwort / etzliche Italiäner von te
ihne

ihnen einmahl vorgenommenen Rache nicht leichtlich zu bringen
wären/ und daß theils derselben Haß durch keinerley Wege versöh-
net werden könne;

Den folgenden Tag nahme ich bey meiner liebwertheſten Phioſen
auff gewiſſe Tage / umb meinem Obriſten einſten auffwärtig zu
ſeyn/ Abſchied/ alleine ſie merckete/ daß es nicht recht umb mich ſtün-
de / weilen unter dem küſſen mir die Augen voller Waſſer ſtunden/
ja die Thränen hernach giengen / und die Seuffzer mehr als ſonſten folgeten: Sie ſchenckete mir (mit ſchönſter Bitte bald und geſund wiederum zu kommen) einen ſchönen Ring / benebenſt einem
geſtickten Seckel zimlich mit Ducaten geſpicket / zu einer Reiſe-Di-
ſcretion auff den Weg/ die mir denn nicht uneben zu Paſſe kamen/
weilen bey meiner Dorthinkunfft ich gantz abdanckte/ und die Reiſe
eiligſt nach meinem Vatterland darmit anſtellete/ das letzte Schreiben / ſo ich ihr zurück lieſſe / ware ungefähr deß folgenden Inn-
halts:

Mein allerwerth- und höchſt-geliebteſtes Lieb:

NEun Monath ſeynd nunmehro verfloſſen / bey deſſen Anfang
mir dazumahlen das Glück die erſte Ehre geziegen/ ihrer
Wohn-Statt einer mich würcklich zu bedienen; Es verblieb aber ſelbiges mahl bey dieſer erlaubten hohen Gunſt gar
nicht / ſondern ſie ließ mir ebenmäſſig/ ohne Zweiffel auß gewiſ-
ſer Verſicherung endlicher Verehligung / auch der ihrigen ſelbſten mich mit zu bedienen / zu/ dardurch ſonder Zweiffel ſo wohl/ als
ich / eine ewig-währende Verbündnuß verlangende: Aber was
iſts geweſen? Ach leider / eine ſolche Sache / die nunmehro wider
Verhoffen / zu unſerer beyden höchſt-ſchmertzlichen Trennung /
auch gegen meinem abſonderlichen gröſt-betrübteſten Willen dienen muß! Sie ermeſſe nur/ meine Allerwerth-geliebteſte / den Ge-
wiſſens-Zwang/ welcher mich gleichwol von unrechtmäſſigem Gewalt nicht zu ſchützen vermocht / und dennoch faſt wider die Natur
beängſtiget: Was ſolte ich in ſolcher Quahl thun? Ich ſolte wohl
gewartet / und das jenige was ich angefangen vollends mit Recht
und der Zeit außgeführet haben / aber doch nein: Die antrohende
und ſchon allbereit erwieſene Gefahren widerſprachen meiner Red-
lichkeit und weiterer Ankündigung deß Todes/ und ſolchem zu wi-
erſtehen/ war ich viel zu unvermögend. Solte ich darvon zie-
en? Wo verbliebe mein Gewiſſen / und wie würde ich allenthal-
en beſtehen können / wann ich abſonderlich dieſelbige / als mein ge-
heiltes Hertz/ gar miſſen müßte: Sie glaube / mein liebſtes Lieb-
gen/ daß/ indem ich dieſe Feder anſetzete/ mir meine Hände ver-
arreten/ und meine Finger faſt verkrummen wolten/ ja mein gantzer Leib zitterte/ und mir war noch als ob ich eine gar böſe That be-

gangen/von dergleichen doch meinem Gewiſſen gantz nichts bewůßt:
Mir war vorhin noch nit bekant/was eine treue beſtändige Liebe hinter ſich habe/allein anjetzo empfinde ich allbereit ihre Würckung/und
wie weit ſelbige von einer ſonſt wanckelenden irꝛdiſchen Liebe entlegen
ſey; Wann ich die Zeit beſinne die nun allbereit entfloſſen/und mich
anjetzo ihrer mir höchſt-beliebten Perſon / auch die rühmliche bey-
wohnende Freundlichkeit (wie ſelbe nemlich gemeynt geweſen) erwege und betrachte/ſo wäre nicht Wunder/daß mein wallendes Geblüt
mir mein Hertz wo nicht ertrückt-doch gar erſtickte: Allein auf meiner noch wenigen Freunde guten Rath werde ich auf eine Zeit ſchei-
den/und ſie mein Liebchen meiden müſſen; Wiewol groſſe Hoffnung
faſſe/daß mich deß Himmels Liecht auf einer rechten Bahn mit Freuden dermahleins wiederum daher zu leiten/kräfftig genug ſeyn kan:
Nur ein eintziges wolte mich abermahls noch ein wenig darvon auf-
halten / welches ich zwar nicht gerne melde/ aber doch gleichwol vor
ihr nicht zu verſchweigen vermag/ weilen die Noth ohne Geſetze/ und
dannenhero einer blöden Liebe kräfftig genug widerſprechen kan; So
wiſſe ſie demnach/ daß es ihr liebes Hauß / da mich die ſüſſe Laſt der
allerſchönſten Blicke zum öfftern angefaßt/ und daß ich derentwegen den letzten Gruß in dieſen Schrifften bringen muß: Was habe
ich nit vor Vergnügung und Luſt/ mein Kind/ bey derſelben gehabt/
ſeyt ihrer Augen-Waide/ mich und mein Hertz rechtſchaffen vergnüget / und von welcher Zeit an ich eben auch darum ihr treuer Diener
bin? Nun aber wird es mehrerntheils geſchehen ſeyn/weiß auch nicht
wann und wie ich ſie dermahleins wieder ſehen werde; Unterdeſſen
gedencke mein liebſtes Liebchen meiner im beſten / wo ich auch dargegen ſeyn werde/ſoll mich ihre unverwante Treu von meinem immer-
währenden Nachdencken niemahls abhalten/ ja mein eigenes Leben
wird noch ein Mörder an mir ſelbſt werden/ wañ ich nemlich mir ſolches ſo unvergeßlich vorſtellen werde; Ach! dörffte ich nur noch einmahl ihr ſchönes Augenſpiel anzuſchauen Vergünſtigung haben/ ſo
wolte ich dieſen hellen Glantz mir ſicher vor einen Leit-Stern dienen
laſſen/nicht weniger würde deroſelben roſenfarber Mund/ deſſen ho-
nigſüſſer Safft mir manche durchtringende Krafft/durch Troſt und
ſonſten in mein Hertz verhafft/ noch ſtatt eines köſtlichen Balſam/
dienen: Aber was halte ich meinen Engel mit ſolchen nichtigen Sachen noch ſo lange auf? Einmahl ich muß nur fort/und werde wider
Willen von ihr vertrieben: Soll ich ſie denn biß daher vergebens geliebet haben? Es ſcheinet faſt ſo/weilen der Schluß gemacht/und ich
doch nunmehro am längſten hier geweſen ſeyn ſoll! Ich hätte zwar
vermeynt derſelbigen beſtändiglich zu genieſſen; Aber weil mein Ver-
hängnüß mir augenſcheinlich gram iſt/kan ichs nicht verwehren/ daß
mir ihr treue Liebe gleichſam auß den Zähnen gerücket wird! S[i]e
weiſſe nit/ daß alles was nur zu erleiden/ich darum gern vertrage
                                                        we:

wolte/wann mir nur das Glück vergönnte/daß ich ohn Lebens-Gefahr
bey derselben verbleiben könte/weiln absonderlich ihr Leben und Wan
del mich inniglich stäts erfreulich vergnüget/ und ich glaube schwer
lich/daß sie ihr solches auch also vollkommen/als es ist/einbilden kan:
Nunmehr muß ich allen diesen Sorgen mein Hertz zu einer Grabstät-
te dienen lassen/weil doch weiter nichts zu hoffen? Dem Glücke bin ich
verbunden/daß es mir auf dieser Welt noch das jenige gezeigt/so mich
zwar durchauß vergnüget/ aber dargegen biß an mein Ende betrü-
bet/und eben darum zweifle ich/ob nach meinem Abseyn auch meines
gleichen an Treu und Beständ derselben vorkommen dörfte? Von allem
diesem nun muß ich mich lencken / und wehmüthig gedencken; Mit
was vor Entschuldigung soll ich dieses mein Abseyn außbüssen / und
mit wie viel Thränen kan ich das an mir selbst verübete Unrecht umb
ihrentwillen leidende abwischen/ welches alles mein unbesonnene Lie-
be/auß übereilter Schwachheit der noch blossen Unerfahrenheit selbst
auf sich geladen hat! Doch gründet sich noch mein einiges Vertrauen
auf die großmühtige Tugend ihres Hertzens/welches dieses demütige
Erkäntnuß verursachter Liebe an statt gebührender Straffe anneh-
men/ und mich demnach beständigster Wohlgewogenheit versichern
wird: Der Höchste beselige all ihr Vorhaben / indessen werde ich
dieses Verlusts halber zu keiner Zeit recht vergnüget seyn/ jedoch

> So soll das treue Liebes-Band
>   Nimmermehr nicht untergehn /
> Ja bleiben stät in meiner Hand/
>   Gleich als ein Pfand vest stehn;
> Weil zwar der blosse Neid und Haß
>   Mich dir nicht gönnen will:
> Drum billich alles unterlaß
>   Und acht es nicht mehr viel.

> Nun liebstes Liebchen gute Nacht/
>   Ich scheide jetzt von dir /
> Mein grosses Ungelücke macht/
>   Daß ich muß bald von hier;
> Doch eh ich dein vergessen will/
>   So komme alle Noth/
> Und setz mir selbsten Maß und Ziehl/
>   Zum Leben oder Todt:

In meiner Rückreise nacher Teutschland geriethe ich in diese Gedancken:

> Ich sag mich selbst nun frey/
>   Will auch nicht an die Pein/
>   und an die Liebes-Treu/
>   Nicht mehr gebunden seyn:

Liebes - Kampfes Dritter Theil.
Ein andrer mag sich sehnen/
Wie ich bißher gethan/
Ich sehe keine Schönen
Auff solche Maß mehr an.

Nun bin ich also frey/
So spott ich der Gefahr;
Der Strick der ist entzwey/
Der mein Gefängnüß war/
Die besten Lust - Gedancken/
Vergnügen meinen Sinn/
Weil ich/ gleich wie die Krancken/
Der G'fahr entkommen bin:

Ich glaube/ daß ich sey/
Entgangen diesem Thun
Der blinden Narredey/
Die mich nicht liesse ruh'n:
Da stellt ich mir die Wangen/
Und da die Liebes - Ziehr
Mit sehnlichem Verlangen/
Gleich als im Traume/ für:

Jetzt bin ich gantz so frey/
Weil dieses Feuer weicht
An meiner Seit vorbey/
Und wie der Wind verstreicht:
Mir seynd all meine Sinnen/
Ich sag es ohne Scheu/
Gar weit nunmehr von hinnen/
Denn ich bin $\left[\begin{array}{c} \text{wieder} \\ \text{ledig} \end{array}\right]$ frey.

E N D E.

www.ingramcontent.com/pod-product-compliance
Lightning Source LLC
Chambersburg PA
CBHW020807020726
47495CB00008B/2627